U0134391

如何活出燦爛人生

台上一分鐘 台下三十年功

三十年前　　　　　　　　三十年後

　　轉瞬間，我寫下第一本育兒書至今已經十二年了。當時我的孩子們只不過是十歲以下的小孩，現在我的大仔和大女已經進入大學就讀，而細女還有一年多就要進入大學了。這十二年間，真的發生了很多事情，尤其是經過幾年的疫情，影響了許多人的情緒和健康，很多人因而患上了抑鬱症，因此我創立了「WING4U」這個YouTube頻道（@wing4U782），與大家一同減壓。

　　許多人稱這個頻道為心靈雞湯，藉著這個頻道，我分享了許多美國相關的資訊，亦聯繫上許多不同的朋友；多謝他們抽出很多私人時間和我做專訪，長談後更成了好朋友保持聯絡；其中一個朋友就是Goodyear出版社的老闆。我們在香港一見如故，她問我有否興趣出版一本關於我在美國的生活和分享子女進入美國名校大學經驗的書籍。

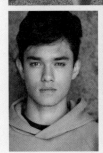

　　由於我對寫作也非常感興趣，同時也希望能在的孩子們長大後再與大家分享育兒心得，加上很多朋友的支持，所以就出現了這部作品。非常感謝 Goodyear 出版社給予我這個機會分享我過去三十多年的人生經驗，不僅可以分享育兒心得，還可以分享我的美國生活。我在洛杉磯已經居住了三十多年，實在有很多關於生活的點滴想要與大家分享。

人生短暫，要活出燦爛人生，首先要有一個目標，我的目標就是快樂。要快樂一定有健康、知己、家庭、穩定又獨立的財政、良好嗜好、堅毅意志，以及努力完成理想的抱負，希望每人都能擁有燦爛人生。

在這本書中，我將分享當初到美國生活的艱辛、令我快樂的事情，以及幫助子女考入大學、養顏養生及理財心得。我也找到了許多在美國取得成功的朋友，希望能與大家分享他們的故事。雖然我可能住得很遠，但我希望透過這本書，能拉近我們之間的距離。現在孩子們已經長大，我也有更多的時間，希望能夠利用這些時間多做點對社會有貢獻的事情。而最重要的，就是Cherish everyone and every moment，珍惜眼前人，身體健康。做人要 don't worry, be happy!

SPREAD YOUR WINGS:

be independent and confident by doing new things

✦目錄

SPREAD YOUR WINGS

1.

港姐歲月 一生難忘

1. 港姐歲月 一生難忘

我從不後悔任何事情，因為生活中的每一個細節都塑造出現在的你。——茱‧芭莉摩亞

I never regret anything. Because every little detail of your life is what made you into who you are in the end.——Drew Barrymore

✦ 我的興趣 幫助選美

從小到大，我有很多興趣，例如彈鋼琴、閱讀、模特兒表演、運動等等⋯⋯我八歲開始學鋼琴，最愛鋼琴家是Liberace Nickelodeon，看了他的表演及閃閃發光的鋼琴，令我愛上了彈琴。很開心我可以在拉斯維加斯親眼看到他的表演，我喜愛他的幽默感及友善的態度，見他手指靈活地在鋼琴上跳動，使我十分興奮，他更是我努力學琴的動力。直到我十五歲開始教琴，共收了約五個學生，其中最小的只有六歲。我每天至少花四到五個小時練琴，並且通過了七級鋼琴考試。

而我最喜歡的運動是打羽毛球、壁球、匹克球（Pickleball），還有踩單車，我的身材亦因而長得均稱，加上一張上鏡的臉孔，十五歲時，我就在街上被星探發掘，邀請我去拍廣告。

當時我和鄭伊健一起拍攝了我的第一個可口可樂廣告，之後

又成為青春之星，然後進入新藝城做開心少女組。之後參演了
《開心鬼撞鬼》、《飛躍羚羊》等電影，並和黎姿、陳嘉玲、袁潔
瑩及何佩儀成為好朋友。

有一天，我的青春之星模特兒朋友邀請我一起參加香港小
姐選舉。當時只有十七歲的我戰戰兢兢地填寫了報名表格，竟然
成功入圍了，成為二十二位佳麗之一；最開心的是我的朋友也入
圍了。

入圍過程並不容易，面對記者和評審的採訪與面試，稍為膽
小的也會被嚇怕，但作為模特兒拍廣告和在新藝城拍戲的經驗，
對參加香港小姐選舉非常有用，讓我能自如地應對記者和面試。

還記得第一次去電視台和開心少女組的成員一起唱歌，我
緊張到連握麥克風都不會，走位也走錯了，我從中更學到了很多
不應該在電視台做的事情，到了香港小姐競選時，我就不會在台

上犯同樣的錯。

拿經典作家拿破崙．希爾的話來說：「永遠不要害怕犯錯，只是不要再犯同樣的錯。」（Never be afraid of making a mistake, just don't make the same one twice）很多人問，為什麼我在香港小姐競選時能這麼淡定？我想這就是原因。

另外，在新藝城時，我經常參加不同飯局，接觸到很多台前幕後的朋友，甚至和張國榮、周潤發、鍾楚紅等大明星一起用過餐。

和那麼多知名人士一起，當時只有十多歲的我感覺像是在夢中一樣，想也沒想過！當時我被他們友善和謙虛的態度所吸引，明白到為什麼他們會如此成功。無論身處何種情境，他們總是帶著微笑。

有一次，張國榮告訴我他的新車被譚詠麟的影迷畫花了。他不但沒有發脾氣，還安慰我們不用擔心。自此之後，我對他另眼相看，要成為一個成功的藝人，性格和處事方式非常重要；要懂得寬容和原諒他人。張國榮不但沒有因而對譚詠麟感到憤怒，他甚至說這也不是譚詠麟所期望的，對於哥哥這種寬容的態度，我非常欣賞。

加上我也非常喜愛閱讀（導致我成了一名「近視妹」！），最喜歡的是金庸的武俠小說和瓊瑤的愛情小說。我也很喜歡閱讀英文書籍，但不是小說，而是喜歡成語類（Idiom）書籍，我覺得它們非常有趣。之所以能在香港小姐競選的問答環節中對答如

流，也是這些喜好的功勞。當岑建勳司儀問到我泰國港姐拍外景難忘經歷時，我用了泰國的流行語言「水晶晶」（長得漂亮）來答問題，贏得一片掌聲。

競選之後，很多人告訴我，我在問答環節中贏得了很多分數。雖然香港小姐選舉沒有才藝比賽環節，但我在許多慈善活動中表演彈鋼琴，也獲得了不少印象分。從小到大，我家人並沒有特別培養我參加香港小姐，但是我的興趣和努力，確實幫助了我不少，助我參加香港選美和日本國際小姐選美並獲得獎項。

✦ 港姐訓練 受用一生

我一生的轉捩點，從入選港姐開始。進入港姐初賽後，我和其他二十二位候選佳麗一起參加了為期三個月的訓練班；這個訓練班學到的東西讓我終身受用。

當時我剛從中學畢業，連穿高跟鞋都不會。第一次上課穿著高跟鞋，半小時後我已經叫苦連天了。每當有機會，我都會把高跟鞋脫下來。有趣的是，辛苦的不僅僅是我一個人，因為二十二位候選佳麗中，也有幾位和我一樣非常年輕。幸好，在著名模特兒劉娟娟老師在指導下，我們學到了非常多。

在劉娟娟身上，我也學到了很多儀態知識。她談吐高雅，儀態萬千，令我非常難忘。她在了解我們的性格後，特別精心設計服裝和首飾，配合我們獨有的氣質，使我們能在觀眾眼中留下特別出色的印象。

到了港姐決賽時，我們已經可以穿著高跟鞋跳舞了。從彩排到決賽結束，我們也不用脫下高跟鞋，更愛上了穿著高跟鞋的感覺。

除了儀態和談吐，我們還學到了很多護膚常識。化妝大師陳文輝也教了我們很多化妝的秘訣。著名髮型師阿 Mark 當時還特別設計了適合我們的髮型。最難忘的就是當年的李美鳳裝，不少人讚嘆不已。他也教了我們很多護髮常識，讓我受益匪淺。

✦ 選美人生 友誼寶貴

選美期間最難忘的，就是去泰國拍攝外景，當時在布吉島的拍攝，我們二十二位佳麗都玩得非常開心，更將我們的距離瞬間拉得很近。拍攝地點在度假村，拍攝輕鬆也沒有壓力，我們就像去學校旅行一樣，在房間的床上「跳跳紮」，一起吃喝玩樂同工作，時常興奮得睡不著覺。

雖然拍攝時間不長，但是印象非常深刻。經過這個旅程，我們二十二位佳麗做了好朋友，現在我們也有在 group chat 保持

聯絡。除了佳麗，我和工作人員也十分熟絡，尤其是港姐經理陳子蓮（Rosa），也成為我一個很好的朋友，直到她離世的一天。

Rosa 對我們一眾港姐來說，可是母親般的存在，她以愛心保護並呵護著每一位港姐，我們對她的關心無以言表。她教導了我們出席公眾活動的注意事項，以及如何保護自己；她對我們的愛護從未改變。

當我出版了第一本育兒書時，她更幫我做了出色的公關宣傳，安排了 TVB《都市閒情》的訪問，還上了家燕姐的電台節目。

她推薦我加入慧妍雅集，結識了許多好姊妹。時隔十二年後，我正為第二本書作準備，雖然她不在身邊，但是我非常懷念她。她對我們的溫馨提醒至今仍深深銘記在心，終生受用。有人對我說我也是一位出色的公關，我想都是因為我在 Rosa 身上學到了許多技巧。她經常告訴我們友誼寶貴，所以即使當年二十二位佳麗都同樣美麗，但是我們並沒有為了競爭而犧牲友誼，相處非常融洽。

除了 Rosa，我也和很多歷屆港姐做了好朋友，尤其是二零二二年回香港參加慧妍雅集四十週年紀念。在活動中，我和許多港姐一起進行彩排和表演，相處了數日的時光。我們一見如故，交換了很多選港姐時的經歷和心聲。

大多數人都認同，最難忘的經歷就是到國外拍攝時，與其他港姐互相扶持的場景，的確令人難以忘懷，這些珍貴的友誼就是從這裡開始的。每年我們都會到不同的國家進行拍攝，行程緊湊，但是大家都不怕辛苦，直到完成工作為止。

我也發現了年輕的港姐們非常聰明和有才華，懂得多國語言。雖然她們年紀輕輕，但是思想非常成熟，我很開心看到香港有這麼多年輕有為的女性。選美對於一位年輕女性的成長，可是非常有幫助，能夠增加她們的自信心。不過，我認為參加選美並不一定要拿獎，但是贏得的友誼和經驗將會受用一生。

✦ 急流勇退 今生無悔

當年選完港姐後，我到了日本參加國際小姐選美，獲得最上鏡小姐。當時入行時間有限，我只好硬著頭皮到日本參加比賽。幸運的是，TVB 安排了當地人員來照顧我們。經過兩個星期的相處，我們也成了好朋友。當地的日本工作人員也非常有禮貌和殷勤地接待我們，離開時我們都依依不捨。

我還和日本佳麗成為了好朋友，她更邀請了我去參加她的婚禮，但當時我正在美國讀書，無法參加。除了日本佳麗，我還

和新加坡、泰國和台灣的佳麗一起玩得很開心。

那兩個星期就像是一個豪華日本旅行團，主辦單位帶我們參觀了當地的旅遊勝地，不同國家的佳麗們也玩得很開心。在選美比賽結束後，我們都因為即將分離而流淚了，我們都非常感激當地主辦單位熱情的款待。

我幸運地獲得了香港歷史上首個國際小姐最上鏡小姐獎項。直到現在，我仍然是唯一一位獲得此獎項的香港小姐。我還記得當時打電話給電視台，告訴他們我贏得了這個獎項，他們非常驚訝，甚至尖叫起來。

這個獎項是由當地記者投票選出來的。我還記得第一天見到日本記者時，他們圍住我「團團轉」，讓我有點不好意思，因為這樣讓其他佳麗被忽視了。之後，更有一家日本經紀公司與我接洽，希望訓練我成為日本偶像，但當時我不捨得離開家人，所以拒絕了這個機會。之後，我決定留在TVB工作。

之後我亦受到了TVB力捧，擔任了很多套電視劇主角，除了拍電視劇外，也有做主持、拍廣告、拍電影，出席了不少剪綵及慈善活動。

非常感謝TVB給予我的多種機會，讓我嘗試不同的演藝工作。在TVB工作的時間雖然不長，前後加起來可能只有兩年多，但感覺上好像過了十年，因此給很多觀眾留下了深刻的印象。

當時我每天大約工作二十小時，每天只有幾個小時可以休息。但是，我學會了時間管理和multitasking，每分每秒都不能浪費。有時要在午餐時間參加開幕儀式，不用拍戲的時候就去做慈善工作或者參與慈善節目。稍微有點休息時間就會拍廣告、電影或者擔任主持人，生活非常忙碌。

幸運的是，我的家人和朋友都支持我。因為我連新年的團年飯都不能和家人一起享用，他們都沒有埋怨，只是默默地支持

我。非常感謝我的家人，他們給了我很多自由去做我喜歡的事情，讓我能夠安心快樂地從事我喜歡的工作。

所以現在我有了小孩，我也給予他們很多的自由，讓他去做自己喜愛的事情。每一件事都很難說是對還是錯，只要盡心盡力完成自己的工作就好。

我是一個幸運的人，在TVB期間不斷的有工作機會。在TVB拍劇集不是一件容易的事，需要記性好，特別是當主角時，要背很長的台詞，不僅要背，還要用心來演繹角色。體力也要好，很少有機會坐下來休息，不停地排戲、走位、走場景，很容易感到疲倦，還好年紀輕輕的我尚算支撐得住。

所以我非常佩服前輩們不辭勞苦的工作，尤其是阿姐汪明荃。她把工作安排得十分妥當，雖然工作非常忙碌，但也知道如何養生。TVB就像她的家一樣，她還會帶水果和靚湯到片場，與大家分享。在她身上，我學會了如何照顧自己，即使是拍戲不能休息，也能保持良好的狀態。

而我最感激的是教導我演戲的萬梓良先生，我們在拍攝《當代男兒》時認識。這是我最難忘的劇集，因為它有六十集之多，而且我

和幕前幕後的拍檔們就像一個大家庭。

當時我剛出道，連戲的服裝和情緒都不太熟悉。我看到萬梓良在劇本上寫上了很多筆記，記下了每一場戲的服飾和情緒轉換，方便下一場戲的連接。看著他那寫得密密麻麻的劇本，就知道他花了很多心血。

他也非常樂意為我解釋，分享如何把戲做得更好。我最記得的是，當時我演戲不懂得哭，也不懂得入戲。當要拍攝一場因為弟弟的離世，而要我哭得痛苦萬分的戲時，我壓力非常大，不知道該怎麼辦。萬梓良非常細心地幫助我培養情緒，真的讓我眼睛紅了，快要哭出來了。當我真的想哭時，他立刻叫導演準備好，當我「埋位」時，我更是無法停止哭泣；而當導演喊停，我仍止不住眼淚，直到走出廠門，我哭了好一段時間才能平靜下來。

當我不停地哭，掌聲也不停地響起，就連監製劉嘉豪先生也來到片場送上讚賞。從那時起，我明白了許多演戲的細節，入戲時也更加容易。非常感激萬梓良的教導和鼓勵。從那以後，我真的愛上了演戲。

在電視台工作期間，我也認識了很多台前幕後的好朋友，我們的友誼更能維持到現在。最老友是同屆港姐楊寶玲，大家都到美國生活，兒女一起長大，特別投契，話題也多，多謝她多年在身邊，更感激她在最後一節分享她的心聲。選港姐之後，也有機會認識了很多商界、政界的成功人士，包括到外國親善訪問會見到當地總統。

　　中學畢業後，我發現自己應該要多讀書。書讀得不夠多，和人溝通也會變得困難。因此，雖然我的演藝事業算是如日中天，我也決定到美國進修學業。當時很多人都為我不值，大家認為我的演藝事業做得非常出色，宣布引退後也有許多影迷為我落淚，不捨得我離開。

　　我自己也不捨得離開影迷，對於他們的支持我非常感謝。直到現在，時隔三十多年，影迷們仍然在支持我，他們送我的剪報，亦是我最珍貴的紀念品。當我住在香港期間，他們會特地從紐約來探望我；當我從洛杉磯回港時，他們也會坐車從廣州來支持我的新書。

影迷們的支持讓我非常感動。現在，我開設了YouTube頻道，他們也默默地支持著我。很多人都問我，離開娛樂圈後有否後悔？參加港姐這段經歷令我一生難忘，然而，離開娛樂圈對我來說是今生無悔的決定。因為我認識了一班好朋友，直至現在友誼不變，縱使相隔兩地，也冲不淡我們的友情。

到美國大學進修後，我的溝通技巧有了很大的提升，也因此結識了來自不同國家和社會階層的朋友，他們也是我生活中不可或缺的一部分。如果再給我一次選擇，我也不會放棄到美國進修的機會。

✦ 從心所欲 順其自然

喬布斯曾說：「要有跟隨你內心和直覺的勇氣。」（Have the courage to follow your heart and intuition.）

很多人也不明白我為什麼會急流勇退，有人會覺得我好傻，亦有人覺得我好勇敢。我是一個野心不大、沒有心機的人，只想追求平淡和快樂的生活。

就像喬布斯所說，我一直都是跟隨我的心和直覺去做事。喜歡做的事情沒有報酬也沒問題，不喜歡做的事情報酬再高也不會考慮。做人最重要的是開心和健康，但這兩樣東西也非常難得和寶貴。

首先我問自己，有什麼會令我開心呢？給了我金銀珠寶、名牌和靚衫，我也未必開心。我戴金銀珠寶經常弄丟、我最喜歡的

衣服是睡衣、我是一個喜歡充實生活的人、家庭觀念非常重……能做到自己喜歡的事情，可以和喜歡的人一起，就非常開心。

我亦是一個很怕悶的人，所以非常喜歡學習新事物。選港姐後，在娛樂圈工作了差不多兩年，見識了很多新事物，嘗試了不少不同的工作，也認識了很多新朋友。但當時我已經開始覺得工作內容有點重複，開始感到沉悶。

而且我覺得自己當時只有十九歲，年紀還小，應該多讀書多學些東西，到年紀大了，有家庭兼顧很難分心學習，心裡一直都想到外國升學。但是演藝工作繁重，我一天工作二十多小時，很難得才有一天的假期。

雖然當時有很多追求者，但實在一點時間也抽不出來去拍拖，更何況是參加進修考試，去外國讀書呢？加上當時拍戲拍得身體也開始支持不住了。還記得有一天拍《陰陽界》時，因為胃太痛而無法進行拍攝，幸好拍檔周星馳陪我入醫院。恢復後，我也需要放假休息。

一九八九年，我到了美國旅行，當時朋友知道我喜歡讀書，建議我到美國的社區大學考一個 ESL 測試（English as a Second Language Test；英語作為第二語言測試）看看自己的英文水平到達哪個程度。不久後那間社區大學就寄來了入學申請書，我也沒有放棄這個機會。

當時我和藝人經理林馮美基討論這個入學問題，起初她也不贊成，因為我和 TVB 簽了差不多五至八年的長合約，而且我

也非常受歡迎，她保證我會做得很好。但我問了她另一個問題：
「如果我是你的女兒，你會讓我去嗎？」她考慮片刻，就答應讓
我去了。但合約是不能解除的，所以我答應她每年暑假都會回港
拍劇。就這樣，我一去就是三十多年了。

　　下一個章節，我將繼續和大家分享我如何進入美國大學以
及在美國的生活。

2.

美國生活 苦樂與共

2. 美國生活 苦樂與共

一個夢想不會透過魔法變成現實；它需要汗水、決心和努力。
——科林·鮑威爾

A dream doesn't become reality through magic; it takes sweat,
determination and hard work. ——Colin Powell

✦ 讀書決心 永不放棄

剛來美國時只有一個目標，就是要完成學業，我更對自己講，在任何情形下都不能放棄。初初來到美國讀書，很多人也很驚訝，更有很多謠言，有的說我懷孕了，有的說我怕拍戲辛苦。我對各種謠言也沒有回應，我認為行動勝於言辭。

我中學成績平平，中學時，我真的不太喜歡讀書，因為我不喜歡背書，覺得一點新鮮感和挑戰性也沒有。我沒有太努力，但成績也是B級。

到了演戲時，卻覺得非常刺激，每天都能學到新的東西。我非常努力，又得李添勝添哥私人教導和我對稿，獲益良多。而且我甚具觀眾緣，發展可算是平步青雲，所以很多人都不相信我會放棄如日中天的演藝事業，放棄賺錢的機會。

那兩年演藝事業的確為我賺了不少錢，兩年內已儲了去到USC南加州大學四年的學費。我沒有特別儲錢去讀書，而是因為拍戲時間太長，沒有什麼機會去用錢。如果沒有參加港姐的經歷，從而了解到自己的學識不夠，應對時常常意識到自己見識不足，想要讀書的決心也不會這麼大。

為了讀書，我真的放棄了很多，在美國讀書時，我拒絕了很多剪綵、拍劇、其他節目及廣告拍攝機會，也錯過了很多朋友及家人聚會，所以讀書的時候也比其他人更努力。當USC朋友在舉行生日宴，我就在圖書館溫習，目標不是拿B而是科科都要拿A。而我的努力也沒有白費，成績差不多科科也是A，雖然偶爾也會有一兩個B，但好成績也令我家人大跌眼鏡。

✦ 生活改變 如何適應

初到達美國時住在三藩市，前兩週非常興奮，就像是度假般四處觀光遊覽。Lori 是第一位邀請我進行美國訪問的電台主持人，她除了給我介紹好玩的地方例如索夫昂（Solvang），還幫我拍了很多美照作為來美國的見面禮。之後去了沙加緬度（Sacramento）準備上學，那時就不再是度假，真正的美國生活要開始了。

從前生活忙碌的我突然多了很多時間，令我感到無所適從。美國的生活又十分寧靜，街上有時也漆黑一片，連蒼蠅飛過的聲音都能聽見。有朋友形容到當地生活就如到了外星一樣，環境非常陌生，沒有習慣的噪音、沒有常常開著的電視聲，也沒有經常

響起的電話聲；突然間有種清靜得可怕的感覺。

但是寧靜的環境，讓我多了時間思考。因為沒有外界的干擾，讀書時亦特別容易專注。在美國是很難在半夜出去吃甜品，或者看午夜場電影，因為很多地方也很早關門，尤其是在COVID之後，很難找到營業至午夜十二點的地方。

美國的夜生活不太豐富，很多餐廳在晚上九點就已經關門，很多人都選擇留在家中休息，假日則和家人朋友一起旅行或參加特別活動。這讓我養成了早睡早起的習慣，休息多了，壓力減少了，日間也不怕陽光。以前睡眠不足，曬到太陽時眼睛也睜不開。

加州的天氣非常好，我亦因而愛上了戶外活動。閒來喜歡去海灘，尤其是馬裡布（Malibu）和 Point Dume 州立沙灘自然保護區，那裡風景優美，適合遠足，給人一種寧靜的感覺。

空閒時間多了，我亦增加了運動量，每星期可以去健身房兩至三次，然後有兩至三天去游泳。週末也會去打網球、匹克球、羽毛球或壁球，以上種種球類活動，我全都喜歡。這不僅使我的身材變好，也讓我的精神更加良好。只有擁有健康才能做自己喜歡的事情，健康真的是最寶貴的。

另一個改變就是沒有親戚朋友家人在身邊，感覺非常孤獨。初到美國時朋友不多，新認識的朋友們似乎都非常忙碌，連見面都要提前預約。他們不可能即興和你見面，也不可能沒有心理準備地到他們的家中探訪。由於洛杉磯地區距離遙遠，開車十五至三十分鐘已經算是近距離，所以不能每天和朋友見面。雖說是朋友，但感覺上他們不太友善，又好像很陌生。

但是隨著時間的推移，當我開始被邀請參加他們的聚會、生日派對，也學會了觀看美式足球、棒球和籃球比賽時，隔膜也漸漸解除了。觀看運動比賽，是和美國朋友相處和溝通的最佳方式。在派對上，他們談笑風生，態度友善，非常熱情。

我發現他們都很深諳 "Work hard play hard" 之道，美國人喜歡安排自己生活的細節，更喜歡擁有自己的私人時間做自己的事情。我也是如此，喜歡有自己私人時間及空間。我住的地區華人不多，有沒有認識的人並不重要，重要的是要活得自在及開心。

在洛杉磯，大多數人都自己開車，街上行人很少，公共交通也不方便，所以在街上接觸到的人也不多。如果想認識更多朋友，可以參加一些聚會，例如教會、學校或慈善團體，這樣就可以結識很多朋友。

我參加了商會、婦女會，以及不少慈善活動，因此結識了很多朋友。朋友變多了，歸屬感也增加了。美國的朋友都喜歡舉辦燒烤派對，他們非常好客，會邀請很多不同的朋友出席。因為美國的住宅都很大，所以有時二、三十個朋友一起聚會也沒問題。

他們對食物要求不太高，只要有啤酒、紅酒和薯片就開心了，有時候也只是簡單的熱狗和漢堡包，也足以滿足他們。以前我不喜歡吃這些食物，但因為沒有太多選擇，現在也學會了欣賞。

不過，作為在香港長大的人，對食物的要求也比較高，所以初來美國時，對普遍的美國食物質素都有些失望。從小到大，

食物對我來說都相當重要。我習慣了樣樣食物都要新鮮，但在美國想要享用新鮮的食材並不容易，大部分都是冷凍保存的。

以前喜歡的食物到了美國也不一樣，例如簡單的雲吞麵和菠蘿包，味道始終無法比擬香港的美食。許多時候，想吃一碗好的雲吞麵，必須等到假日花上大半天的時間才能品嚐到，絕不可能出門五分鐘就有得吃。

因此，初來美國時，享用一碗雲吞麵已被我視為奢侈品。於是，我開始在家裡研究烹飪，以前只懂得煎蛋和即食麵的我，開始學習製作不同的菜式。幸運的是，我有一位同學的爸爸是香港的大廚師，他教了我許多烹飪技巧，讓我在家裡也能自行炮製雲吞麵。

我也向許多美國朋友請教了如何製作曲奇餅和蛋糕，因為這些食物在派對上非常受歡迎。在有了小朋友之後，我的廚藝更是出色。

隨著年紀增長，我現在更喜歡製作健康食品，例如生酮飲食；我曾在YouTube上也分享一些相關內容。要找到既健康又美味的食材並不容易，但在家中自製食物，可是健康得多。大約食了六個月健康食品後，我的血糖也恢復到正常水平。

以前讀書時沒有太多時間煮食，學校裡的食物選擇也有限，即使是自己不喜歡的食物如三文治，也必須得吃。還記得當時午餐都沒有熱湯、新鮮的魚和蔬菜，真的差點忍不住掉下眼淚，只能不情願地吃了三文治。慢慢地，我也習慣了三文治的味道，現

在有些三文治我覺得非常好吃。

　　我的生活習慣真的改變了，三十年後，食物的選擇多了很多，好吃的餐廳也增加了不少。我最喜歡的是港式茶餐廳，例如原味店（Delicious Food Corner），他們的雲吞麵和菠蘿油都非常接近香港的味道，真的令人百吃不厭，也能讓我回味起香港的風味，而廣東菜我就喜歡鴻豐尚品，他們的豉油雞是我的最愛。

　　我最喜歡在假日約上朋友，一起去品嚐港式奶茶，從而回憶在香港的生活；可以時常和朋友們一同品嚐美食、唱卡拉OK，真是一大享受。

✦ 30年前和30年後的美國

不知不覺，到美國生活已經三十多年，轉變是非常大，而最大改變就是治安。

現在洛杉磯的罪案率增加了11%。以前我一個人出街，是不會害怕的，感覺安全。現在就算去市場買食物，我也要小心出入，夜間盡量找朋友陪同。我也買了胡椒噴霧給孩子帶在身上，更與他們一起學習了自衛術。

不少地方都非常危險，尤其是在停車場裡，搶劫可是非常普遍，要比平常更為小心；而我也是受害者之一。

大約一年前，在吃完新年晚飯取車時，發現車旁很多玻璃碎片，我的車側邊的玻璃窗被人打碎了。因為我知道罪案很多，

所以平常沒有在車裡放置很多東西，但我放在車廂的外套竟然也被偷了！最麻煩的是要花兩個星期去修理玻璃窗，在洛杉磯一天也不能沒有車，沒有車相當於沒有腳，非常麻煩。

我報警後，警察也花了足足兩個小時才到達現場。我問他需要錄像嗎？他說：「不需要，因為我們不會抓到小偷」他們只給了我一份報案記錄，讓我用來報保險。

小偷知道沒後果，當然可以繼續犯罪。我也有很多朋友的家和店舖被人搶劫，而且不止一次，情況總是一再重複，更有朋友的店每星期也被人搶劫一次！因為加州法律規定，搶劫九百五十美元以下，警察是不會理會的，所以人們任由搶劫發生，但又不能反抗，如果他們傷害了小偷，他們更要坐牢。

根據洛杉磯法官雷格‧米切爾（Craig Mitchell），很多罪犯即使重複犯罪，也不會入獄，令人難以置信，也令我們的市區變得非常危險。幸好有很多人也想改變現狀，例如副地區檢察官雅各‧李（Jacob Lee），如果他當了法官，會加強檢控罪犯。

雅各更指出，現時仇恨犯罪增加了，雖然我不是受害者，但有很多罪案也因為仇恨犯罪而發生。作為華人，處境也比較危險，有些人在街上無緣無故也被打，網上仇恨罪案也很普遍，社會變得更加複雜，還是三十年前的生活比較簡單。

如你或身邊人不幸遇上仇恨罪案問題，可以參考以下資訊：

California Attorney General's Victims' Services Unit

電話：(877) 433-9069

TTY：(800) 735-2929

網頁：www.oag.ca.gov/victimservices.

三十年後，美國的通脹情況更是非常嚴重。一年之內，商品價格可以漲價三到四次。我曾經在一兩個月內購買同一種商品，價格已經不同了。儘管二零二三年的通脹指數，大約只有4%，但商品價格至少漲了30%，一些餐廳的價格更是漲了一半。

過去，午餐價格大約是每人十至十五美元，現在平均要二十至二十五美元。雞蛋的價格最高更可達到一美元一顆。油價更是上漲了大約10%，我在洛杉磯曾見過，每加侖七至八美元的最高價格；電動車因此亦開始受到民眾歡迎。

美國經濟學家蕾爾‧布雷納德（Lael Brainard）表示，美國的通脹將會在二零二四年停止，經濟也會好轉，因為就業率上升，通脹指數將下降至2%。然而，商品價格不會下跌，只是上升速度放緩。所以現在高價的商品都不會恢復到幾年前的水平，對基層家庭來說負擔可是非常沉重，因為很多漲價商品都是生活必需品，不少人都叫苦連天。

商人的經營壓力也很大，尤其是洛杉磯的最低工資已經升至每小時十六美元，但實際上要找到人工作還是非常困難。現在就連麥當勞的最低工資，也要每小時二十多美元，真是生意難做。

雖則人工昂貴，但人手招聘也非常困難，所以說要找工作並不是難事。但要對抗通脹，除了節省開支之外，更需要投資有道。投資是一個相對複雜的話題，因此我特別請來一位好朋友Kenneth Yuen，他是經過認證的理財顧問，將與我們一起解釋投資之道；下一章就來詳細討論這個主題。

除了通脹和失業問題外，另一個現象就是流浪漢增加了不少。洛杉磯現在有超過七萬名流浪漢，比以前增加了10%。過去，流浪漢通常集中在洛杉磯市中心，但現在他們也會在較好的住宅區出現，許多公園和海灘都被他們佔領，帳篷隨處可見，真讓人嘆息。

法官格雷格‧米切爾表示，流浪漢本身不是問題，問題是他們當中有人染有毒癮，或是沒有工作，無法負擔昂貴的租金。洛杉磯的平均租金是每月二千七百美元，而平均工資大約是每月

五千五百美元，負擔真是一點也不小。

另外，一些流浪漢也有精神問題。最讓我感到痛心的是，有時候會看到整個家庭，連同小孩都要在街頭流浪。這些問題確實需要動用許多人力和物力來解決。

✦ 實踐美國夢

什麼是美國夢？美國夢是每一個公民都有機會努力追求成功和成就的理念。美國夢的例子包括擁有自己的房屋、建立一個家庭，以及擁有自己的事業。我個人的美國夢算是實現了，而我身邊亦有很多朋友在美國取得了成功。在第六章中，我將與大家分享他們的成功故事。

實踐美國夢困難嗎？可以說既難又易。如果你不願意努力付出，當然是困難的，但如果你肯努力付出，我覺得亦不算太困難。

在美國找工作需要具備一技之長，不一定需要大學畢業，但擁有專業的學歷會有所幫助。例如目前護士供不應求，如果你有護士學位，找工作也相對容易。很多藍領工作的工資也非常可觀，年薪最高可達九萬七千美元。

當然，掌握好英文能力就更容易找到工作。根據 Pew Research Centre 的報告，36% 的美國成年人表示他們的家庭成員已實現了美國夢，而 46% 的人則表示他們正在實現美國夢。根據《今日美國》的報道，一個四口之家想實現美國夢，需要每年十三萬美元。而根據人口普查局的數據，美國人的中等收入是每年七萬四千四百五十美元。所以說，要實現美國夢既不是太難，卻也談不上容易。

3.

理財投資 必學秘訣

3. 理財投資 必學秘訣

自從 Ken 的公司 SA Stone Wealth Management 在舉辦周年晚會時邀請了我擔任嘉賓，我們就成為了好朋友。可能因為我們的背景相似，大家都修讀過金融和會計，所以有很多共同話題。我發現他非常專業，而且熱衷於幫助他人解決財務問題。他還幫助中國移動管理退休帳戶，降低管理成本和信託風險，每個客戶對他來說都像朋友一樣，他非常關心他人，處處為他人著想，不僅僅為了工作而工作。

我非常欣賞他樂於助人的個性，因此特別邀請他分享理財心得。非常感謝他在百忙之中抽出時間，尤其是在稅季，他仍然願意分享理財知識。在美國，很多人都擔心要支付高額稅款，因此學習如何保護自己的財產和投資都是非常重要。美國的稅負雖然沉重，但也有解決的辦法。

首先，從小到大都要培養節儉的美德，要量入為出，不要奢侈浪費。我從開始工作的第一天起，就已經實現了經濟上的獨立，不依賴家人或其他人，而且消費必須是可負擔得起的。我從香港來到美國時，由大學開始就申請了信用卡，因為像 Ken 所說，在美國許多事情都是根據數據來做判斷的，擁有良好的信用紀錄和優良的信用評分，才能購買汽車、房屋和樓房。美國的信用評分制度是終身記錄的，所以個人的信用評分非常重要。因此，使用信用卡時一定要每個月按時還清，對於貸款購買汽車、房屋，也要按時還款。美國人不太喜歡使用現金，因為消費記錄也非常重要。如果你以信用卡留下消費紀錄，並能每個月及時還清，那信用卡分數就會提高。我也將此緊記於心，每月都還清消費，不用交額外的高利息費用。

　　Ken 在分享中提到五個階段，而我也接近第四和第五階段了，所以非常有同感。以下 Ken 將談及多種理財方法，例如 401K、Traditional IRA 或 ROTH IRA、529 計劃以及購買股票或定期儲蓄等等，我都參與其中。

　　理財計劃要從第一天工作開始制定，因為財富是需要時間累積的，越早制定計劃效果越好。而每個人的計劃都是獨特的，因為有些人是打工，有些人是自己創業，所以每個人都有一個量身定制的計劃。在網上可以找到很多資料，但有些內容可能比較複雜。你也可以透過參加講座來增加理財知識，然後自己慢慢制定計劃，或者找專業人士幫助你制定一個適合你的計劃。

✦ 我的財務規劃師成長之路

Kenneth Yuen 袁國強
CFP, ChFC 註冊財務規劃師、特許理財分析師

　　我在十三歲時移民到美國加州，當時還在讀高中的我，注意到加州政府為了鼓勵廢物回收，提供飲料容器等物品現金獎勵或兌換價值，鼓勵人們回收廢物。

　　我開始在學校收集廢棄汽水罐和瓶子，清理後賣給回收中心。持續一段時間後，我開始體會到財富累積的基本理念：幫助別人同時也使自己受益。回收廢物可以為自己賺取額外的現金來實現儲蓄和預算目標，而回收廢棄物料，在創造收入同時也為保護環境做出貢獻。

大學畢業後，我跟一位從事保險業的朋友購買了一份儲蓄人壽保險。一年後，我有一些關於保單上的問題想要查詢，當我致電話這位經紀時，他告訴我原來他早已搬到其他州份，並且不再從事保險行業。他也很坦白地跟我說，他賣給我這份保單時，並沒有真正了解保單的詳細內容。即使我有問題要問他，他也無法給我答案，因為當他向我出售這份保單時，公司並沒有給他足夠的培訓及指引，他只是想完成公司要求的銷售目標而已。

當下我突然意識到，聘用一位專業人士來處理財務是多麼重要的決定。我的人壽保單涉及儲蓄和投資的條款，因此當我有疑問時，我確實需要一位專業人士隨時解答我的問題。從那時起，我決定成為一名金融管理專業人員，協助不同階層及行業的人訂立正確的理財方案，為他們提供專業的諮詢和策劃，以實現他們的理財目標。

在一九九八年時，我考取了全國證券及財務執照，並正式加入理財行業的領域。在我考取特許財務規劃師CFP之後，我替很多不同行業的公司擔任財務顧問，其間我察覺到很多中小型家族企業的僱主，在兼顧公司財務及個人理財時，會顧此失彼，往往在重要的稅務決策上，未能兼顧全面的利益，這啟發了我的業務意向。因我很清楚了解中小企業僱主面臨的挑戰，我的專長是為他們的獨特需求提供量身定制的解決方案。憑藉專業的分析策劃，將財富管理，退休帳戶及省稅計劃融入實踐中，以增強公司的財務狀況，並同時幫助僱主設立個人理財計

劃。有了專業協助，客戶也可以放心地把精力專注在業務管理上，而沒有後顧之憂。

在二零零六年，我受聘於橘郡一間金融財經機構，擔任業務監管經理（Compliance Officer）職務，負責審批公司的證券業務，這份工作令我對美國的金融證券監管法例有著更深入的了解及認識，讓我日後在投資策劃中，更能為我的客戶提供周全的保障。其間我個人的理財業務擴展至不同的商業範籌，其中包括替大型的醫藥研發生產商設立退休帳戶，幫助專業人士例如醫生律師等設立僱主省稅計劃，提供投資策略及財富傳承等規劃諮詢，同時也接受一些非牟利組織的委托，協助他們管理投資組合。

在設立 401(k) 退休計劃時，大多僱主對計劃內容不甚了解。他們對自己的業務瞭如指掌，卻摸不清退休計劃的複雜性，也沒有時間成為專家。因此，我的工作是協助僱主認識退休帳戶的運作及責任，提供正確資訊及相關的協調服務。

在二零一六年，我開始以財務顧問身份管理上市公司中國移動（China Mobile）美國分公司的退休帳戶。協助公司的帳戶制定策略，幫助僱主履行信託責任，提高員工儲蓄及實行退休計劃的慨念。

其間我致力協助他們的員工提高成功退休的機會，並降低僱主的管理成本及信託風險。因僱主本身承擔退休費帳戶的信託責任——他們必須以員工的最大利益為出發點。我透過管理

信託責任的專業系統來幫助僱主履行責任及降低風險，達至保障公司及員工的目的。

在二十多年的職業生涯中，我憑著自己在這領域的專業知識及對理財教育的堅持，一直為金融從業員提供不同類型的教育講座。例如投資理念、資產管理、退休規劃策略、壽險產品及經紀培訓等。

我認為專業誠信、傳遞真實及正確的資訊是金融從業員最重要的守則，這也是我個人職業道德上的座右銘。衷心希望憑著對金融工作的熱誠，我的理財專長能夠幫助客戶達成財富積累的目標，同時也能給他人創造機會，共同回報社會。

▶ 人生整體的理財弧線圖

財務計劃更像是一場馬拉松，而不是五十碼短跑。每個人的財務路線圖都在不斷變化，定期重新檢視你的進步，不單止可以確保你能對生活中不可預測的轉變做出反應，而是主動塑造你的財務未來。整個過程可以被視為「生命週期財務規劃」，從年輕到退休，人生的每一章都面臨著獨特的財務挑戰和創造財富的機會。

經歷不同的人生里程碑也需要不同的願望。當你進入大學時的夢想，可能跟你小時候的並不一樣；你在二十多歲時渴望的東西，到了在四十多歲時亦已經改變了。許多人在學校內並沒有真正受過如何處理金錢的教育，大多數人在畢業後進入職

場時，幾乎不知道在收到第一份薪水時應該養成哪些習慣，只有少數人真正意識到設定財務目標的重要性。如果你想採取正確態度，根據自己的人生階段掌握有關對財務的基本知識，那麼你應花點時間去思考以下所論及的人生理財弧線圖。

如何為每個人生階段進行財務規劃？人生整體財務規劃的核心也是個人理財的指南針。它可以幫助你應對人生不同階段的財務選項。這規劃的目的是要了解自己所處的人生階段，找到明確方向，同時也為你每個旅程的下一站做好充分的準備。

人生的整體財務弧線基本由五個關鍵階段組成：理財啟蒙期、職業生涯早期、組織家庭和職業生涯期、退休前歲月及退休後歲月。

▶ 第一階段：理財啟蒙期

對大多數人來説，財務生命週期的「理財啟蒙期」，是你開始學習如何管理資金和計劃支出的階段。這時期要學習金錢的基礎知識，為完成高等教育和未來就業做準備。雖然青少年在這個年齡層可能不會做出最關鍵的決定，但你其實是在學習一些最重要的理財觀念。

許多人在高中期間開始從事兼職工作，以幫助負擔他們可以稱為自己的東西，例如他們在商場看到的新牛仔褲或是剛發布的最新 iPhone。當你發現可以用辛苦賺來的錢實現消費時，

也面臨著第一個真正的財務決策。

　　你可能會問到諸如：「我真的要買嗎？好像不便宜呢？」之類的問題。以及「我能負擔得起嗎？我需要為此儲蓄多長時間？」這些都是了解預算和儲蓄原因的基本問題。在潛意識裡，青少年也開始了解現金流動的基礎知識以及為什麼他們需要這樣做。對許多人來說，青少年時期是人們開始培養責任感並了解金錢價值的時期。

　　接受高等教育的目標是可以在人生中脫穎而出，證明自己比別人更加優秀。「追求高等教育」這個詞通常伴隨著對學生貸款和隨之而來的債務恐懼感。然而，這些與大學相關的費用開支也可培養青少年善用金錢的基本概念，而不是完全倚靠家人的經濟援助。

　　財務之旅的下一步是在追求高等教育的同時學會保持財務獨立，以及如何開始建立個人的信用評分。美國的信用評分制度是終生記錄的，若在此階段養成量入為出的消費及支付模式，對日後人生的財務規劃有很大裨益。

▶ 第二階段：進入職場－職業生涯早期

　　在職業生涯的早期，提高財務知識的第一步是制定預算並控管支出。如果你仍在償還學生貸款，請優先償還債務。請記住，你需要在人生的這個階段建立良好的信用記錄，當你根據銀行標準擁有良好的財務狀況時，一旦你計劃在五到十年後安

定下來，你就可以更輕鬆地以信貸方式購買汽車或房屋等主要資產。

你更應該在此階段開始計劃你的退休，並利用 401(k)、403(b)、Traditional IRA、Roth IRA 以及你的僱主可能提供的類似計劃。此外，即使你仍是二十多歲且單身，殘障保險也至關重要。這是為了在發生導致你無法工作和賺錢的突發事件時，保護你的收入。例如，如果你得了重病，殘障保險可以支付你康復期間的費用，並且你不必因為醫療費用而承擔債務。

總之，以下這些都是你在職業生涯早期必須完成的事情：

- 累積你的儲蓄並建立良好的信用記錄
- 避免進一步增加你的消費債務和高利率債務，並儘快償還未償債務、量入為出
- 開始考慮訂立退休計劃並建立你的財務帳戶
- 確保擁有傷殘保險的保障

你可在此階段開始尋找可靠的財務規劃師。當你的職業生涯不斷進步，並可能考慮在人生的這一階段後期組建自己的家庭時，經驗豐富的財務管理專家可以根據你的財務狀況，確保你的選擇是正確的。

與青少年相比，年輕人通常有更多的經濟獨立性和責任感。這可能會讓你感到憂慮，因為你不能再像青少年時期那樣犯錯而有別人替你解決問題，但這種感覺或許會激勵你的士

氣，讓你更努力向上。根據個人的不同的際遇，這階段也可能是你財富累積模式的起步點，你會開始注意自己的財務管理模式及增值狀況，例如諮詢不同的投資方案並調整投資組合。

在這個階段，個人的主要重點應該是保持經濟獨立，努力工作和維持信用卡評分。

▶ 第三階段：組織家庭和職業生涯期

這人生的黃金階段正是財富累積和資產保值的交會點。

你即將安定下來還是已經組建了家庭？安定下來不僅僅是結婚和擁有夢想中的房子。它伴隨著更大的責任，當然也伴隨著更大的期望。這不再是你個人夢想的問題，因為你的願望必須與配偶的願望相符，首先想到的就是買房子。購買不動產的抉擇很重要，尤其是在家庭不斷成長的情況下。然而，買房也意味著房產稅、維修、水電費和其他費用的預算。因此，保護你的家庭收入變得比單身時更重要。這是為了在某些生命風險（例如過早離世和永久殘疾等）發生時，確保你的家人可以完全不需要擔心房貸及小孩大學費用的開支。

此階段的你可能希望進一步擴大現有的投資組合、尋找更合適的投資管理方案、重新評估自己的投資策略，以及尋找專業金融理財服務來為自己進行管理。這時候也需要增加保險額度來保護自己的資產和家庭，例如人壽保險、健康保險、房屋和汽車保險。

在這個人生階段，你的策劃應該包括：

· 購買人壽保險及其他資產保護的相關保險
· 更新你的傷殘保險
· 審查你的遺產規劃並準備你的信託
· 為孩子準備大學教育儲蓄
· 為現有的事業增值或進一步發展你的職業生涯

雖然儲蓄是每個人生階段的重要目標，但花在保護家人免受風險一事，始終是項必要的投資。當你資產增加並產生更多受益人時，制定資產分配計劃也不可忽略。它們之所以至關重要，原因很簡單，尤其是在建立家庭後，你太太及小孩會成為家庭資產受益人，如沒有足夠的策劃，資產是需要經過法庭認證的程序才能交與受益人，若然遇到反對的訴訟，則可能會拖得更久。

在此黃金階段也要考慮到尋找其他渠道以增加家庭資產值，若時間許可的話，可透過網路行銷、諮詢服務、兼職工作或其他銷售型式來增加收入，你也可嘗試在就業之外建立與家人共營的小本生意。當儲蓄及資產值上升時，你應該整理現有的財務組合、為孩子的大學教育做準備，以及向理財顧問諮詢不同類型的儲蓄投資方案，這些方案的主要目的是支付大學費用，亦可作為退休計劃的一部分。

無論你的願望是擁有一幢寬敞舒適的豪宅、與配偶共享房屋，還是有其他更遠大的財富目標，此階段最重要的工作是為

組織家庭帶來的財務責任做好準備。當一個人建立家庭後，有可能會成為家中的經濟支柱，這意味著你會承擔更多的責任。其中一些責任可能由其他家庭成員共同承擔，但也可能是需要你一人去負責整個家庭的主要開支。因此你應在此階段專注於資產增值的規劃，替自己及家人打好一個穩固的經濟基礎.

正如專家提示，不要把所有雞蛋放在一個籃子裡，把資金投放在不同板塊是必要的。例如有些人會把部分資金放到不動產等，在此階段尋找一位專業理財顧問是刻不容緩的事。分散投資的概念很多人都聽過，但要落實，則需要交給穩健可靠的專業人士負責策劃及執行。

▶ 第四階段：退休前歲月

這階段小孩已經成長，通常在上班也能夠獨立自給自足，家庭的現金流量亦因而變得充裕。

理想情況下，退休計劃是在個人獲得第一份職業時開始的，但情況並非總是如此。晚一點開始並不意味著你的退休生活會「失敗」。此階段你可能會更認真地開始考慮退休問題。規劃退休時有很多事情要考慮，其中最重要的是儲蓄和累積財富。你應該集中精力存足夠的錢來維持退休期間的生活，這可能涉及尋找其他投資機會，還應該考慮自己的醫療保健需求，以及退休期間如何獲得合適的保障，其中包括如何做好保險選擇或長期護理的保障。

與財務專業人士（例如註冊財務規劃師或註冊財務顧問）商議，並請他們策劃退休方案也是重要的一環。在你退休前的歲月，你最好已經完成了家庭生活中的一些承諾，因為你不會想在退休後，還要履行退休前未能完成的財務責任。

此時你應該要準備好清還之前的抵押貸款和其他債務，同時也須開始審查退休時減稅的選擇。退休後的大部分收入來源均需課稅，如果你能做到最大限度地減少稅款，並確保你有一個良好的計劃，則可以維持你在退休後大概十至二十年左右的生活。

如果你還想在這階段創業，也未嘗不是好時機。即使你已經存了一筆資金足夠生活二十年，也要考慮到通貨膨脹的隱憂，或是退休後仍想過一些比普通人更優質的生活。這樣就可以透過你的業務繼續增加收入及儲蓄。當然這不是每個人的選擇，也要量力而為。

這階段應是退休規劃變得更務實的時刻。查看你的投資組合，看看你是否走在正確的道路上。如果你的計劃與實際情況有出入，你可以馬上跟專家商議尋找解決方案。

首先，清楚了解退休期間的預期支出。既然你正處於人生的一個完全不同的階段，你每個月會花多少錢？接下來，諮詢你的財務顧問並將你的退休和退休金儲蓄轉化為收入。為確保你能避免在退休時繳納稅金，在財務規劃師的幫助下，你將了解到一些可以減少大多數退休福利帶來的稅務摩擦的策略。請

注意你必須先從哪些帳戶提款，以確保你不會因納稅義務而與你的理財目標發生衝突。這裡的目標是確保你的儲蓄能夠持續更長時間。

其次，更新你的遺囑信託內容及評估家庭的資產淨值也極為重要。經過二十到四十年的財富累積之後，你需要一個明確清晰的指引令到家人可順利繼承你的資產。

當接近退休年齡時，你必須專注於財務規劃的實行，這將有助於你實現退休目標並為退休後的財務安全保障做好準備。

▶ 第五階段：退休後的歲月

這是生命週期財務規劃中最平靜的階段——你終於到了收穫播種的時候了！

對許多人來説，這個階段也是財富分配階段的開始。

由於退休生活可能幾乎完全依賴退休收入，因此在享受新獲得的自由同時，仔細管理自己的財務可是非常重要，因為這可能意味著錢只會流向一個方向。

「我希望我能回到了小時候，這樣我就不用擔心支付賬單了。」這是許多人在經歷人生中被媒體稱為「成人」的階段時所説的一句話，或許這代表了你有足夠的責任感去關心你的錢的去向。無論我們喜歡與否，金錢與我們的生活密不可分。從

財務角度來看，金錢不應該是萬惡之源。金錢是你為了擁有生活中更美好的事物而掙來的，不一定是為了讓你變得富有，而是你需要有保障的東西，再加上一些額外的福利，這樣你和你的家人就能過上舒適的生活。

在退休後的歲月裡，也需要繼續優化稅款。透過出售部分資產來作出調整，而不是從需要納稅的退休帳戶中提取大量資金，這會對你有一定的幫助。這也可以作為考慮的一個例子，可以降低你在晚年退休時的整體稅務負擔。

請記住，美國的稅制級別很重要。較大的提款可能會導致你的稅級升高。另外，請注意你的社會安全福利的稅收公式，其中高達85%的福利需要繳稅。

當然，每次你轉換或購買新資產時，請定期更新你的遺產規劃，以確保當你不在場時，你的遺產可以取決於你的意願處理。你可能還想考慮在稍後讓自己進入輔助生活、探索各種選擇，看看你可以在哪裡以合適的價格，在合適的地方退休。

任何人都不應該推遲制定退休計劃，因為在人生的每個階段，你都必須考慮退休問題。無論你是職場新人還是經驗豐富的專業人士，無論你計劃在那個年齡層退下，盡早作出規劃是確保你和家人得到良好保障的最佳方式，加上健康的體魄，你才會真正享受到富足及無憂的退休生活。

▶ 淺談不同類型的投資工具

投資通常分為兩大類——成長型投資和固定收益投資。成長型投資選擇的目標是隨著時間的推移增加資本的價值，而固定收益投資選擇的目標是提供穩定的（有時是上升的）收入流，可以支付給投資者或在投資期間進行再投資，尋求保持投資的原始價值。

讓我們了解一下這八種不同類型的主要投資工具：共同基金投資、股票、債券、交易所交易基金（ETF）、個人退休帳戶（IRA）、儲蓄人壽保險、529 大學儲蓄計劃及退休金。

1. 共同基金投資

作為投資者，在投資共同基金時，會有多種不同類型的組合可供選擇。雖然基金的表現取決於其基礎資產，你的財務顧問將根據你的退休年齡和財務目標為你提供回報估算。

根據風險狀況、投資期限和財務目標，投資者可以選擇不同類型的共同基金。共同基金主要有六種類型，分別是成長或股票基金、流動性或貨幣市場基金、固定收益或債務基金、混合或平衡基金、指數基金和節稅基金。共同基金幫助投資者實現短期或長期的財務目標。

美國證券交易所明確定義了這些共同基金類別，與財務顧問商議後，便可輕易地做出明智的選擇。

2. 股票

股票是最受歡迎的成長型投資之一。當你購買股票時，你就成為上市公司的部分持有者，並可以獲得部分利潤。股權投資的風險回報率通常高於大多數其他形式的投資。

一般來說，股票投資涉及較大的風險，所以你的財務顧問通常會建議此類投資金額不應超過你總投資的 10%。

投資股票的潛在風險包括：

1. 公司股價下跌，最壞情況甚至停盤及股價下跌至零；
2. 如果公司破產，你可能是排在最後的債權人，因此你可能無法拿到任何賠償；
3. 隨著股票價值上下波動，股息也可能會有所不同。

3. 債券

債券也稱為固定收益證券，是一種債務工具，代表投資者向公司或政府提供的貸款。當你購買債券時，你允許債券發行人向你發行固定利率，以換取使用你的資本的回報。債券的例子包括國庫債券、市政府債券、公司債券、政府證券等。這類投資相對來說比較隱定。

4. 交易所交易基金（ETF）

交易所交易基金（Exchange-Traded Funds/ETF）集合了追蹤基礎指數的投資產品，例如股票、債券、貨幣市場工具等。它們是不同投資途徑的混合體，提供了共同基金和股票這兩種

資產的最佳屬性。ETF在證券交易所交易，在監管、結構和管理方面與共同基金非常相似。

然而，ETF和共同基金之間的主要區別之一是，前者可以在一天中的任何固定時間，在交易所積極交易，這使投資者能夠利用即時價格差異。相反，無論是主動型共同基金還是被動型共同基金，都只能在交易日收盤時買入或賣出。

5. 個人退休帳戶（IRA）

個人退休帳戶（Individual Retirement Account/IRA）是提供稅收優惠和一系列投資選項的個人退休儲蓄帳戶；許多投資者都會使用IRA作為退休儲蓄的共同來源。即使那些有權使用僱主資助計劃，例如401(k)或403(b)的人，仍然可以利用IRA稅收優勢來增加儲蓄並增加投資組合的靈活性。

IRA帳戶類型包括「傳統個人退休帳戶」（Traditional IRA）及「羅斯個人退休帳戶」（Roth IRA）兩種最常選擇的個人退休帳戶。常見IRA類型的變體則包括「繼承個人退休帳戶」和「託管個人退休帳戶」。每種IRA都有自己的特點，在設定退休儲蓄目標時需要進行評估。

傳統個人退休帳戶

傳統的IRA是你可以存入稅前或稅後美元的退休帳戶。根據你的情況，你的存款可能可以減稅，從而幫助你立即獲得稅收優惠。

傳統 IRA 是增加延稅退休儲蓄的明智解決方案。使用傳統 IRA，你的供款可以延期納稅，但從帳戶中提款時需要繳納普通所得稅，並且你必須在七十三歲之後開始領取分配。與 Roth IRA 不同，開設傳統 IRA 沒有收入限制。對於那些希望未來處於相同或較低稅級的人來說，這可能是個不錯的選擇。

傳統 IRA 福利包括：

1. 延稅：對於那些希望將來處於相同或較低稅級的人來說，這可能是一個不錯的選擇，因為你將在提款時繳納普通所得稅。
2. 開戶無收入限制：開戶無收入上限，但該帳戶的年度供款有限額。
3. 本年度的捐款可以免稅：根據你的收入水平，或者如果你沒有僱主資助的退休計劃，你的繳款可能會完全扣除。

羅斯個人退休帳戶

Roth IRA 是一個個人退休帳戶，你可以存入稅後資金到帳戶中。雖然沒有當年的稅收優惠，但你的供款和收入可以免稅增長，並且在五十九歲半及帳戶開立五年後，享免稅提取，且免罰款。

對於那些希望未來處於更高稅級的人來說，Roth IRA 可能是一個不錯的儲蓄選擇，使得免稅提款更加有利。然而，開設 Roth IRA 存在收入限制，因此並非每個人都有資格申請此類退休帳戶。

Roth IRA福利包括：

1. 無繳費年齡限制：只要你有合格的收入，你就可以在任何年齡供款。
2. 收入增長免稅：捐款和潛在投資收益可免稅累積。
3. 符合條件的免稅提款：只要你年滿五十九歲半並且已達到最低帳戶持有期限（目前為五年），提款即可免稅且免罰款。
4. 沒有強制提款：與傳統IRA不同，Roth IRA毋需領取所需的最低分配額。
5. 繼承的Roth IRA毋需繳納所得稅：如果你將Roth IRA傳給你的繼承人，他們提取的款項是免稅的。繼承Roth IRA的收入通常是免稅的，但如果提款時Roth帳戶的使用期限不足五年，則可能需要繳納所得稅。

6. 儲蓄人壽保險

　　儲蓄人壽保險產品通常是財務計劃的一部分。它們有多種形式，如定期保險、人壽保險、儲蓄計劃及兒童計劃等。保險產品是為了滿足特定目標而開發的，例如，人壽保險旨在滿足你隨著年齡增長的支出作出保障，而定期保險則能保障，如果你在指定投保期間不幸去世，你的受益人會得到賠償，又或有些產品會提供保費退還的條款，在一定年期後保費會全數退回予投保人。

　　每種類型的投資都提供不同程度的風險回報率。然而，風險和回報不應成為決定你選擇投資產品類型的唯一考慮因素。

投資者還應考慮資產配置、費用、過往表現、流動性等因素。
你的投資計劃應確保你的投資組合符合你的風險承受能力、投
資目標和時間範圍。

7. 529 大學儲蓄計劃

529計劃主要有兩種：教育儲蓄計劃和預付學費計劃。

教育儲蓄計劃

教育儲蓄計劃也稱為529大學儲蓄計劃，這些是專為教
育儲蓄而設計的稅收優惠投資帳戶。它們的運作方式與Roth
401(k) 或 Roth IRA 非常相似，將你的稅後繳款投資於共同基金
或類似投資。529計劃提供多種投資選項以供選擇。529計劃
帳戶的價值將根據投資選擇的表現而上升或下降。你可以透過
查看季度529計劃績效排名，來了解不同529計劃的投資選項
的表現。

預付學費計劃

這些計劃可讓你預付州內公立大學教育的全部或部分費
用。你也可以將它們轉換為在私立和州外大學使用。私立大
學529計劃是一項針對私立大學的單獨預付費計劃，由超過
二百五十所私立大學贊助。

教育機構可以提供預付學費計劃，但不能提供大學儲蓄計
劃。第一個教育儲蓄計劃是預付學費計劃：密西根教育信託基
金（Michigan Education Trust/MET） 於一九八六年創建。十
多年後，《國稅法》第529條被添加到《國內稅收法》中，授

權合格的學費項目享有免稅地位。如今，有超過一百種不同的529計劃可滿足各種教育儲蓄需求。

529計劃也同時提供聯邦稅收優惠，並可能提供州稅優惠，具體取決於帳戶持有人或計劃繳款人所在的州份。

8. 退休金

年金是一種儲蓄型的長期投資合同，年金公司會向年金受益人（投資人）收取一筆金額以作為長期投資之用，根據合同條款，受益人可在指定年份中每月領取收入，有些合同會提供終生收入。你可以單獨購買年金合同，也可以在僱主的幫助下購買。

年金公司一般在開戶時會向投資者贈送紅利，並且提供本金保證（保本）的條款保障投資人。但要注意，大部分年金合約都有提款限制，中途退約及提早（五十九歲半前）從帳戶中提款都會有相當高的罰金。

年金的常見類型包括：

1. 固定期限年金：在一定的時間內定期向年金受益人支付固定金額。
2. 浮動年金：在一定時間或終身內向年金受益人支付不同金額的款項，支付的金額可能取決於退休金或年金基金賺取的利潤或生活成本指數等變數。
3. 終身年金：在年金受益人的一生中定期支付固定金額，直至其離世。

4. 聯合年金和遺屬年金 ：定期向第一位年金受益人支付固定金額，供其終身使用。在他或她過世後，第二位年金受益人會定期收到固定金額。為第二個年金受益人的一生支付的金額可以與支付給第一個年金受益人的金額相同或不同。

5. 合格僱員年金：僱主根據符合國家稅收法的要求，為僱員購買的退休年金計劃。

▶ 休閒愛好及家居生活

為了平衡工作和生活，我會在周末從事義工活動。多年來，我每週都會到哈仙達崗的一家宗教團體當義工，在甜點攤位幫忙烘焙銷售，協助他們募捐之餘，也學到日式紅豆餅的烘焙技巧，令我非常享受這個過程。

此外，我亦經常參與紅十字會的捐血活動，幫助一些有需要的人，讓他們早日康復。現在到紅十字會捐血成了我生活的一部分，過去二十多年來，我曾捐血超過三百次。

我跟太太都喜愛飼養寵物，除了兩隻可愛的小狗外，我們在家裡的後院蓋了一個小型烏龜飼養場，飼養不同品種的沙漠陸地龜。其中包括蘇卡塔象龜、金錢豹龜、印度星龜和獨特品種的放射圖紋龜。其中一隻二十多歲的蘇卡塔象龜體重已接近一百磅了！

非常感謝太太和家人為我的事業給予無限支持。我也會把

大部分工餘時間留給家人，每年我都會和他們一起去不同的國家旅行，體驗世界各國的文化和美食。

我很幸運也非常感恩，可以選擇財務規劃師作為我的終生事業，從職涯中體驗到人生不同的學習階段，並領悟到正確的掌舵方向，加上眾多良師指引，使我獲益甚多。我非常享受在幫助別人的同時也使社會受益。

我希望透過這本書的出版，可以讓更多讀者認識理財的基本知識，也歡迎大家與我聯繫提問，我很樂意與你分享個人的專業意見，幫助大家實現明智的財務計劃與目標。

感謝 Ken 分享他個人生活和理財知識的點滴。這只是一個基礎的簡介，事實上，要分析更多的理財工具和資料需要花費大

量的時間。我和 Ken 都有一個計劃，希望將來有機會舉辦一些講座，與大家分享更多且更好的資訊。

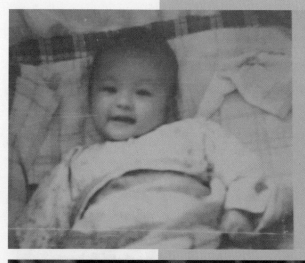

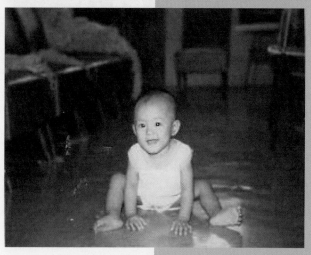

4.

培育子女 選讀大學

4. 培育子女 選讀大學

父母能給予孩子們最偉大的禮物，就是責任感的根基和獨立的翅膀。
　　　　　　　——丹尼斯‧威特利

"The Greatest Gifts You Can Give Your Children Are the Roots of Responsibility and the Wings of Independence" ——Denis Waitley

　　轉眼間，我的大兒子和大女兒已經進入大學就讀。大兒子現在就讀於柏克萊加州大學（University of California, Berkeley；UC Berkeley），而大女兒則就讀於加州大學洛杉磯分校（University of California, Los Angeles；UCLA）。UCLA與UC Berkeley在二零二三年並列為全美第一的公立大學，在美國新聞與世界報道的最佳大學排名中位列第二十位；這兩所大學都是許多人夢寐以求的，也非常難以進入的學府。小女兒現在已經是十年級學生（高中一年級），明年就要準備申請大學了，她亦是一名"Straight A's Student"，科科都能取得優異成績。

　　在子女尚小時，就有很多人問我，你的孩子去哪裡補習呢？我坦白地跟他們說，我的孩子都沒有補習，放學後我只會帶他們去參加一些興趣班。因為他們喜歡溜冰，放學後至少溜冰兩個小時，假日就去玩。他們都用懷疑的眼光看著我，好像我在說謊似的。

從小到大，我的孩子們讀書都很輕鬆，但也能奪得優秀成績，不需要我花費太多心力。從第一天開始上學，他們都會自動自覺的讀書和溫習，我從不操心。在讀小學二年級之前，他們完成作業後，我會審核他們的作業，但是從小學二年級之後，我都不知道他們有什麼作業要做了。

有時候其他家長問及他們的功課題目時，我也說不清楚，他們對此感到驚訝，好像我不關心他們的學業般。我對其他家長說，這是他們的功課，不是我的，所以我不清楚。我不想幫助他們做功課，不僅是為了讓他們獨立，而是當老師發現家長幫忙，更會給他們一個 F！

我曾親眼見過有個小朋友交作業時，作業做得非常漂亮，圖案細節非常精緻，但他只是小學一年級的學生。後來我得知，這個小朋友的作業被老師拒絕接受。因此，我不會干涉孩子們的功課。

我的孩子們年紀小小就已經很獨立，功課做得井井有條，從來沒有遺漏，也不需要我提醒。我也認同這是非常難得的，所以在二零一二年，當他們只有十歲和八歲時，我出版了我的第一本育兒書，講述了從他們出生的第一天開始，我是如何培育他們成長。

在那本書裡，甚至是其後的電視和電台訪問中，我都強調了自己是如何讓他們獨立的。現在就來回顧一下，如何幫助孩子建立獨立的性格。

✦ 1. 設立常規生活習慣
Set predictable daily routine to build good habit

從出生的第一天開始，我便開始設立他們的日常作息。傑克・坎菲爾（Jack Canfield）曾說過：「你的習慣將決定你的未來。」（Your habit will determine your future.）想為小朋友設立良好的習慣，應從出生的第一天開始培養。自古亦有云「三歲定八十」，但我認為，從孩子出生的第一天開始，就能夠「定八十」。

建立良好的日常作息非常重要，因為這能讓小孩更具安全感和自信。有一個能持之以恆的每日時間表和一步一步的例行程序，能助他們掌控周圍的環境，更有自信地行事。

我在雜誌《洛杉磯家長》（L.A. Parent）上讀到這段話：「許多人認為育兒是關於控制孩子的行為，訓練他們像成年人一樣行事。我認為育兒是關於控制自己的行為，像成年人一樣行事。孩子們會從生活學習，也會把學來的應用到生活之中。」（Many believe parenting is about controlling children's behavior and training them to act like adults. I believe that parenting is about controlling my own behavior and act like an adult myself. Children learn what they live and live what they learn.）

我為此深有感觸，幫助孩子建立日常作息時，最重要的是我們大人自己的行為。如果我們不能早睡早起，就不能幫助孩子建立早睡早起的習慣；當他們午睡時，如果我們無法給予他們一

個安靜的睡眠環境，他們也無法入睡；如果我們晚上參加派對並且夜歸，孩子們晚上也無法好好入睡；如果我們在飲食方面傾向於甜品，孩子們也無法對健康食物產生興趣。

安迪·史密森（Andy Smithson）曾說：「孩子的行為並不能反映父母的育兒方式是否正確。真正正確的育兒，反映在父母自己的行為之上。」（The sign of great parent is not the child's behavior. The sign of truly great parenting is the parent's behavior.）

在建立日常作息時，最重要的是要保持一致性和持續性，今天做、明天不做是不會成功的。當然，也可以有例外，像是假日或度假時，睡覺時間可以晚一些。但我發現，如果孩子的日常作息被打亂，他們很容易感到煩躁不安。比如度假時吃飯和睡覺的時間不固定，有時他們會感到無所適從，失去控制，這時他們就可能會發脾氣。

孩子睡眠不足，很容易情緒低落。因此，有了孩子後，我辭去了在華納兄弟擔任高級會計師的工作，專心在家陪伴孩子。當媽媽真的需要做出很大的犧牲，但這也是值得的。

我可以在孩子每天入睡之前陪他們講故事，了解他們喜愛的角色。我兒子很喜歡大力士、大女兒喜歡公主，而小女兒則喜歡花木蘭，他們的性格也與他們喜歡的角色相似。

我也會陪伴他們到圖書館尋找一些他們喜愛的書籍，圖書館就像是一個藏寶庫，孩子有很多心儀的書籍及電影想看，幸好圖書館允許我們一次借很多書，我的朋友Yvonne甚至會借一箱

箱的書帶回家。圖書館也會舉辦許多親子活動，例如魔術表演、遊戲班和手工班，孩子們都踴躍參加。漸漸地，圖書館成了他們的第二個家，對閱讀的興趣更是濃厚。

　　閱讀習慣非常重要，不論是小說、故事書、漫畫還是繪本，我都借給他們看。每天當他們完成功課後，有額外的時間，我也鼓勵他們多閱讀一些自己喜愛的書籍。閱讀逐漸成了他們的習慣，現在他們閒暇時也喜愛閱讀小說。

　　我自己小時候也是瓊瑤迷，讀了很多她的小說，後來發現自己的文筆有進步，所以我知道閱讀對於寫作非常有幫助。興趣是不能強求的，需要慢慢培養。作為父母，我們要給予孩子時間和空間，讓他們的興趣得以發展。

✦ 2. 培育自由活動 Nurture free play

孩子年幼時，我覺得自己對小朋友的了解不太深入，尤其是兒童身心發展，我想更加深入了解，以幫助他們成長得更好。因此，我在 UCLA 參加了一個兒童發展課程。這個課程非常有用，同學們都非常專業，當中包括了老師、護士、學生和家長。他們對兒童的身心健康充滿熱誠，即使白天有工作，晚上十二點仍會跟我們在網上進行討論，交換心得。

在他們身上，我學到了很多關於兒童身心健康方面的知識。在討論中，他們都強調小孩子需要有非結構化的自由活動，這些活動可以鼓勵他們的創造力、溝通能力和彈性。例如，我會設定一個遊玩時間，通常每天至少一到兩個小時，並在家中擺放了不同的遊玩區域，每個區域都有不同的玩具，例如拼圖、玩具廚房、扮裝遊戲、玩具鋼琴或鼓、積木、畫紙和畫筆等等。

我的兒子特別喜歡玩拼圖、大女兒喜歡扮裝遊戲，而小女兒則喜歡玩具廚房，他們每個人的嗜好都不同。我沒有強迫他們玩任何一種玩具，他們有自由選擇的權利，我也沒有限制他們的活動時間，他們可以探索自己喜歡的東西，我只是在旁觀察。我發現他們的喜好都很不同，大兒子喜歡思考、大女兒喜歡打扮，小女兒喜歡食物。直到現在，他們的喜好也沒有太大的改變。

現在，當我需要有人陪我去購物時，我會問大女兒，她也會樂意陪伴。遇到難題時，我會問大兒子，他會幫我思考；小時候，我兒子不喜歡玩具車和火車，現在也不熱衷於學習駕駛。

肚子餓時，我會找小女兒建議晚餐菜單，她的廚藝也非常有創意，時常有意想不到的效果。她會親手為我製作雪糕，再加上花生醬、榛果醬和水果，味道非常特別。現在，她最喜歡看烹飪節目，我朋友的名廚女兒 Melissa King 也是她的偶像之一。我小女兒介紹了 Melissa King 的烹飪節目給我看，在 COVID 期間，我們從她身上學到了很多烹飪技巧。

孩子們在自由活動中也學會了分享，當他們的朋友來家玩時，遇到大家喜歡同一樣玩具的情況，他們就要學會輪流分享，通常每人玩十五分鐘。例如，我朋友的女兒也很喜歡扮裝，而她也喜歡我大女兒最喜愛的公主裙，他們就學會要輪流穿著，不會因為喜歡同一條裙子而爭吵。他們能夠和他人分享自己喜歡的東西，是一件十分值得開心的事。

　　除了在家中進行自由活動外，我一有時間就帶孩子四處遊玩。我告訴他們，如果他們想到處玩，就必須保持好成績。他們努力學習，我就努力尋找地方帶他們去玩。

　　只要他們平時能保持好成績，我就不需要浪費時間去幫他們補習，我也能多帶他們去看更多不同的事物，去不同的地方，體驗不同的生活，做一個全面發展的孩子。

　　我會帶他們去不同的博物館：兒童科學博物館看穿梭機、自然史博物館看恐龍骨骼和化石、蓋帝博物館欣賞世界著名的畫作和花卉……也會去動物園看他們最喜歡的長頸鹿，去水族館看他們喜歡的小丑魚毛仔（Nemo），去日本和中國博物館學習歷史，去NASA噴射推進實驗室（JPL）看人造衛星，還去列根總統圖書館看空軍一號。我們甚至在那裡見到了南茜・列根（Nancy Reagan），她非常友善地向我的孩子打招呼。之後，我的女兒就永遠記得南茜・列根是朗奴・列根（Ronald Reagan）的太太，並讚賞她的和藹可親，女兒更告訴我她也想成為一位總統的太太。

　　幸運的是，洛杉磯有很多免費的博物館可供參觀，他們對這些博物館也留下了深刻的印象，尤其是兒童科學博物館內，有很多遊戲和娛樂設施，我們每年至少去一次，學校也安排了很多戶外教學活動。

　　我兒子於一所高度資優的小學就讀，每年都有十次八次的戶外教學活動。每次的戶外教學活動，他們都非常興奮，作為家長，我都會陪同他們一起去。我很喜歡參加戶外教學活動，因為可以看到他和同學們如何相處，更有機會與他的老師溝通，了解

他在學校的學習情況。有時候孩子們親身體驗生活，遠比閱讀書本留下的印象更加深刻。就像我女兒經常看有關南茜·列根的故事，卻不如親身與她相見般深刻。

除了去博物館，當然不能少了主題樂園，例如去迪士尼樂園找米奇老鼠、去環球影城玩侏羅紀公園、去海洋世界看海豚表演、去魔法山玩過山車，到了冬天，我更會帶他們去玩雪球和滑雪。

洛杉磯的天氣大多很好，所以我們一年四季也可以去海灘遊水、滑浪和踩單車。他們很少在暑假參加夏令營，因為暑假是我們的黃金親子時間，因為他們不用上學，我會安排一家人到海外旅行，例如回港探親。

第一次回港，孩子們都很驚訝地問我：「為什麼這裡人人都是黑色頭髮的？」他們以為每個國家也像美國一樣，有多個不同種族的人居住。當他們嘗試過香港的美食，回到美國後也指美國的菠蘿包和蛋撻沒有香港的那麼好吃。

在美國他們從來不愛食榴槤，但去了泰國後卻愛上了新鮮的榴槤，去日本就愛上了日本動畫，去了維也納也嘗試到沒有冷氣機的苦處，去希臘就愛上了當地熱情浪漫的文化。

帶小朋友放眼看世界比書本上更有益，因為親身的體驗是十分難忘的。而更重要的是，可以享受家庭之樂，同時製造出不同回憶。最難忘的是，因為在美國很少被蚊子咬，但我女兒在香港時被蚊子咬到全身腫脹、兒子在維也納時也被蚊子咬到全身腫脹，現在他們聽到蚊子聲音也會害怕。

有時孩子都是身處福中不知福，透過到世界不同地方去體驗，他們會更加珍惜現在擁有的一切。

✦ 3. 學習照顧自己 Learn to take care of themselves

孩子們還小時，我就開始培養他們學習自己照顧自己；「還小」的意思是指他們還不滿一歲。當他們學會坐起來後，就可以自己拿食物，自己餵自己吃東西，那時候孩子只有八個多月大呢！

有時候旁觀者更會覺得我不照顧小孩，但是如果我提供太多幫助，可能他們就不能學會照顧自己。學習放手讓小孩子照顧自己一點也不容易，需要很多耐心和愛心。

小孩子自己餵自己，會弄得滿身污糟邋遢，地上也滿是食

物。我覺得他們滿臉沾滿食物的樣子非常可愛，但有時候吃完飯後就要立即洗澡，因為他們連頭髮上都有食物。雖然要花更多時間幫他們清潔，但是如果不給他們機會練習，他們又怎能學到自己吃東西呢？

有時候我也想快點出門，很想幫他們穿鞋穿衣服，但是這樣就剝奪了他們練習的機會，所以每次出門，我都會提前三十分鐘讓他們自己換鞋換衣服。當他們只有兩歲多，就已經自己照顧自己，自己洗澡、穿鞋、穿衣服、穿褲子。

記得我大女兒第一次自己洗頭，走出浴室時她滿頭也是泡沫，我沒有尖叫或憤怒，反而哈哈大笑，帶她到鏡子前面，她看到鏡子也笑了。之後我把她帶到浴室，教她如何洗掉泡沫，到了

下次她再洗頭時，就能自己沖去泡沫了。在他們三歲的時候，就成為了熟手技工，可以照顧自己。

小女兒五歲開始溜冰，一開始溜冰時，她已經能夠自己穿上溜冰鞋，有很多人也很驚訝，因為有很多十歲八歲的小朋友也還需要家長幫忙。孩子們也不可能一上手就完美，鞋帶可能會鬆、褲子也忘記拉鏈、內褲會反著穿、襪子也有不同的顏色，吃飯也會搞得一團糟，但是這些都不重要，只要他們願意去學習、願意去做，已經足夠了。

鞋帶綁了十次還是鬆，但是綁了一百次就會緊。當他們學會照顧自己後，也能學會照顧他人。當我做手術時，只有八歲的小女兒知道我喜歡喝雜菜湯，她自己切菜開爐煲湯給我，那是她第一次煲湯。幸好我在他們兩三歲時，就給了他們玩具刀讓他們學習切水果。五歲時，他們已經能用真刀去切水果自己吃，到了八歲，他們不僅會切水果，就連蔬菜也能切了。

當時女兒問我，除了放雜菜，還要在湯裡放什麼？我說要加鹽和胡椒粉。當我喝了第一口湯時，我不禁噴了出來，再看看鹽瓶和胡椒粉瓶，發現只剩下一半了。我非常感謝她的心意，但我不能再喝下去。我再看看她，她竟然將那碗湯全都喝掉了！那時我不知道該笑還是該生氣，但那碗充滿愛心的湯我到現在也忘不了。

從我開始教導孩子們做早餐起，我就已經教他們做法式薄餅。不論他能否理解，我都會一步一步地解釋給他們聽。我的

目的不僅僅是教會他們如何做法式薄餅，更是灌輸基本的數學常識，例如使用量杯來測量份量，比如半杯加半杯等於一杯……久而久之，

他們也熟悉了分數的概念。我示範給他們看，當麵粉倒入牛奶中時會融化，他們都覺得很有趣，也爭著來做法式薄餅。

有時候他們的手腳不太靈活，會把麵粉和牛奶弄到地上，但我並不生氣，只是讓他們不斷練習。到了他們讀小學的時候，他們已經能自己做早餐了。我兒子還曾為了學校籌款做法式薄餅，他也經常到朋友家中，給同學做法式薄餅，成品非常受歡迎。可以透過遊戲和生活方式的學習，使他們既輕鬆又開心。

記得我第一次和孩子們回到香港，當時小女兒兩歲，大女兒五歲，大兒子只有七歲，我爸爸說他們就像是「入了自動波」一樣，能自主地做事情。從小到大，他們都習慣自己照顧自己，早睡早起，從不需要我叫他們起床。

吃飯時孩子們會自動坐好就餐，每天的日程安排都是自己早早起床，自己吃早餐，準備零食帶回學校，準時出門去上學，放學後自己溜冰，然後立即回家吃飯，做功課後自動上床睡覺。整天下來，我也毋需操心，只需準備晚餐，他們就會前來用餐。

很多人問我，照顧三個小孩子會不會很辛苦？如果他們上中學了，還需要我去檢查他們的功課，為他們做飯，我就會非常辛苦，但現在我的孩子們還會自己做晚餐給我吃呢！

我沒有僱用傭人幫忙，因為我有朋友僱用傭人後，發現孩子們遭受虐待，初時他們也不知道，直到去了醫院做檢查才能確定。孩子們在媽咪的照顧下是最珍貴的，沒有人比媽咪更愛自己的子女，我也捨不得離開他們一分一秒，所以決定自己親手把他們撫養長大，不知不覺，已經過去將近二十多年了！

✦ 4. 讓孩子參與家務 Give the kids chores

讓小朋友幫忙做家務，可以幫助他們建立責任感、自豪感和成功感。想小朋友參與家務，應該從他們很小的時候開始，如果他們從小就沒有參與家務，長大後就很難讓他們去做了。

舉例來說，我的孩子從兩三歲起就參與家務。大兒子會幫忙倒垃圾、大女兒會擦桌子椅子，小女則會幫忙洗菜；他們從小就很樂意地幫忙。兒子會幫我拎一大袋的垃圾，倒完後我會讚美他的強壯和力氣。大女兒擦掉了很多灰塵的桌子，乾淨了她也很開心。小女兒最喜歡洗菜，因為她可以一邊洗一邊吃。

完成後我會讚賞他們並給予一個貼紙作為獎勵。這個貼紙對他們來說意義非凡，他們會因而感到自豪和成功，更會把貼紙收藏起來。隨著他們逐漸長大，他們就不再需要貼紙，因為做家務已經成為他們的責任。

有時候他們也會懶惰，特別是沉迷於玩手機，什麼都不想做。我告訴他們，如果有室友的話，你們要尊重別人，不要讓人討厭。他們想了想，也明白了，繼續完成他們的責任。現在他們真的有室友了，也非常明白這個道理。

✦ 5. 讓孩子做選擇 Let the children choose

從小到大都應該給予小朋友適當的選擇權。那什麼樣才算是適當呢？當他們很小的時候不要給他們太多選擇，因為他們會感到困惑。舉例來說，當他們還小，不知道穿哪條褲子更好時，我會給他們兩條不同顏色的褲子讓他們選擇：紅色或藍色。

但到他們長大一些時，就可以給予更多的選項。例如在選擇旅行目的地時，我們會問他們：「你想去夏威夷、拉斯維加斯還是舊金山？」當他們選擇了夏威夷，我就會問：「為什麼你選擇夏威夷？」他們可能會說因為喜歡夏威夷的海灘和海龜，還有白色、非常甜美的菠蘿和漂亮的雞蛋花（Plumeria）。從他們的意見中，我了解到對他們來說什麼是重要的，也更了解他們的喜好。

當然，人是會變的，更不用說小孩子了，他們的喜好也會隨著年齡增長而變得複雜，做決定也變得困難。培養他們思考如何做出良好的決定非常重要，這不是幫他們做選擇，而是教導他們如何自己做決定。所以，給予小朋友選擇的機會後，可以多參考他們的意見，同時讓他們感覺到可以掌握自己的環境。

以上這五點對於幫助孩子建立獨立的性格是非常重要的。

當他們進入大學時，如果他們缺乏獨立能力，將會面臨生活上的困難。試想一下，你的孩子是否已經具備了獨立的能力？如果他們五歲還不會自己穿衣服，兩、三歲還需要大人餵食，十歲八歲還不會使用微波爐煮食物，甚至連煮雞蛋都不會，還需要你去審核他們的功課，那麼，當他們進入大學時，就會面臨更多的問題。

這不僅僅是成績的問題，更重要的是他們無法自己獨立照顧自己。作為父母，不可能跟著他們上大學。許多大學的第一年，學生必須住在宿舍，因為這樣他們可以結交更多的朋友。為了增加他們的歸屬感，每個宿舍都有自己的活動。我的孩子和他們的好朋友也住在同一個宿舍。如果他們不適應的話，甚至有可能會中途放棄。我曾經見過一些大學生從西岸搬到東岸，不到三個月就回家了。這不是因為他們成績追趕不上，而是因為他們無法自己獨立生活。

成功不是偶然，成功是一個選擇。——史蒂芬·柯瑞

"Success is not an accident, success is actually a choice."
——Stephen Curry

我的孩子們從小就懂得照顧自己，即使是他們第一天住進大學宿舍，我也只是送他們去，在他們的房間內逗留不足十五分鐘，他們就叫我回家，著我不用擔心。之後再去探訪他們時，房間已經整理得井井有條，連冰箱和微波爐都是他們自己買的。因為他們如此獨立，我自己也有了更多的私人時間，可以做我喜歡的事情。

✦ 榜樣 Role Model

作為父母，你的態度就是孩子學習的榜樣。他們不會記住你試圖
教導他們的東西，但他們會記住你是誰。
——吉姆・漢森啟發

*"The attitude you have as a parent is what your kids will learn. They
don't remember what you try to teach them. They remember who
you are."* ——*Inspired by Jim Henson*

　　家長是孩子的榜樣，我們在做每一件事情，都在不知不覺
中對孩子產生深遠的影響。當我大女兒報讀 UCLA 時，她寫了一
篇非常感人的文章，看完後我也不禁眼泛淚光。她寫道，在我進

行手術後，她非常擔心我不能起來為她煮她喜愛的食物，不能接送她上學，不能陪她去海灘玩。因此，每次她在溜冰時都非常分心，無法集中注意力，在溜冰場上不斷打轉，無法聽到音樂，也不注意教練的話。當她學習難度非常高的雙躍時，她不小心斷了腳，但她沒有告訴我她的真實感受，她不想讓我擔心，只是說她不小心傷到了腳。有時候，我也不想讓他們擔心，所以我也不會表達出自己的真實感受。從那以後，我們開始互相表達內心的話語，分享彼此的擔憂。

我的丈夫喜歡戶外活動，從小到大都會帶著子女們去行山。我也很驚訝，只有兩歲的孩子都沒有怨言，也不需我們抱，獨自走了兩英里的路程，他們的腳力真的很驚人，這是從小訓練出來的。因此，他們在運動方面，如溜冰和排球，成績也很不錯，獲得了許多獎項。大兒子和小女兒甚至參加了雙人溜冰比賽，獲得了全國比賽前十名的成績。

除了行山，我的丈夫也喜歡海灘，不論夏天冬天，也會去游泳和衝浪。當子女們未夠兩歲時，他就帶著他們在冬天游泳，風大水又冷。因為加州的海水來自阿拉斯加，水溫永遠都是冰凍的，作為在香港長大的我，永遠也無法習慣加州冰冷的海水。看到我的孩子們在冬天游泳，我非常心疼，擔心他們會因為太冷而生病。我和丈夫也因此有過爭吵，最後我們協商好，如果孩子們生病了，他就不會帶孩子去冬泳。但是，他們每次游過冬泳後，雖然嘴唇變成紫色，手腳冰凍，卻沒有因此而生病，我只能繼續讓他們去冬泳，再也無話可說。因此，他們訓練出了強壯的身體，當他們愛上溜冰時，即使在攝氏零下四度的冰場上，也沒有問題。

　　我仍然記得德蘭修女說過的兩句話：「和平始於一英里」
（Peace begins with a mile）和「友善的話語可以簡短而易言，但它
們的回響卻是無窮無盡的」（Kind words can be short and easy to
speak, but their echos are truly endless）。所以我喜歡笑，也不會說
別人的壞話，自自然然就結識了不少朋友。我發現大女兒也是如
此，她和我一樣喜歡笑，對朋友說話也非常溫和，也是一個善於
交際的人。她經常邀請一大群朋友回家聚會，她和她的朋友也非
常活躍，經常一起觀看比賽，如玫瑰碗足球賽和籃球賽，她還擔
任了UCLA籃球隊的經理，與隊友相處融洽。

　　所以做為家長的我們，性格和品行都在不知不覺中影響著
我們的子女。如果你不希望子女說粗口，最好在他們面前少說一

些。如果你不希望子女吸煙、喝酒或濫用藥物，更應該消除自己的不良習慣。我不喜歡喝汽水，也不喜歡喝酒，每次去餐廳只喝清水，我的子女也學了我，每次去餐廳只點清水。我也很驚訝，因為很多小朋友第一時間都會點汽水，而且我的大兒子已經到了可以喝酒的年齡，他也不喜歡喝酒。有了子女之後，我對自己的起居飲食和言行更加小心，現在孩子們的起居飲食比我更加嚴謹，子女訓練我成為一個更加健康、性格更好的人，因為我想給子女做一個好的榜樣。

✦ 價值觀 Value

從小我就非常重視孩子價值觀的教育，我相信「不被金錢、追隨者、學位和頭銜所打動，而是被謙遜、正直、慷慨和善良所打動」。

我從來不買名牌衣服給他們，他們也不知道什麼是名牌。在他們年幼時，帶他們去買衣服時只會選擇舒適、質料優良而且合身的款式，他們最多也只會選選顏色。現在他們長大了，衣著比較講究，顏色和款式也比較挑剔，但他們還是不追求名牌。有時需要參加比較正式的場合，我會買一些昂貴的衣服給他們，但我的女兒會要求我退回去，她說自己不需要太華麗的衣服，她只需要舒適的衣服。

他們從小到大也不會浪費金錢。在香港長大的我不喜歡吃剩菜，每次在餐廳吃不完的東西，都是子女會幫我打包回家吃掉。去旅行時，我會讓他們選一些紀念品帶回家，他們卻首先想

到為朋友們買紀念品，也不會第一時間選購自己的禮物。

大兒子在中學十一年級時贏得了全美科學盃大賽（National Science Bowl）冠軍，這場比賽有超過一萬五千名學生參加，其中包括一萬名中學生和高中生。當時整個洛杉磯的學校和我們家都非常興奮，學校也是二十年來第一次獲得冠軍，新聞也一直在報道，每個人都興奮不已。我想為他準備一個盛大的派對，邀請他的同學、朋友和老師一起慶祝，但後來他拒絕了。

我感到失望，問他為什麼不想慶祝一生中可能只有一次的成就。他說不想讓那些沒有得到獎項的朋友難過，他有很多朋友在其他學校參加了這次比賽，但沒有得到獎項，他們流淚了。他們曾一起在家中做實驗，非常努力。所以，我兒子不想朋友們因為看到他拿著金牌和獎項而難過。

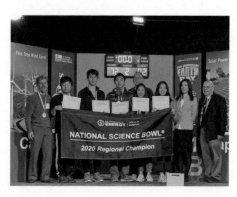

兒子獲得了超過一千美元的現金獎勵，卻沒有花掉，而是用來支付 UC Berkeley 的學費。我也覺得這是非常難得的，他的善良和謙虛比一個大派對更有意義。儘管我喜歡熱鬧，也聽從了

他的建議，只在家裡和家人一起慶祝就足夠了。

有哪個孩子不會說謊呢？說謊可能是人的天性，但最重要的是學會不說謊。我的三個孩子也嘗試過竄改他們的操行成績表。如果他們當天表現不好，老師會在其操行成績表上標上紅色。大兒子曾把汽水潑在別人身上，大女兒試過在上課時玩弄其他同學的頭髮，無法專心上課，小女兒則曾踢走別人的午餐。放學後，他們的操行成績表也有紅色標記。他們擔心我不高興，就把紅色改成綠色，但由於改得不完美，被我發現了。我帶他們去找老師問清楚情況，發現他們說謊，不誠實是不能接受的。老師指原諒了他們這一次，下次就會作出懲罰。他們知道誠實的重要性後，也不敢再犯錯。如果知道孩子犯錯後，要立即糾正，拖延時間後問題就變得難以解決。

很多人都問我如何幫助你的子女進入好的大學？如何幫助他們選擇大學？每位家長都非常擔心和焦慮。在我的孩子上中學之前，我參加了一場關於準備進入大學的講座，講者是UCLA的招生主任，負責挑選進入UCLA的學生。

他說：「優異的成績當然很好，但並不一定是必需的，最重要的是一篇寫得好的文章。」對他來說，文章比成績更重要，通過文章可以看到一個學生的性格、抱負、理想。好的文章並不意味著要有完美的語法，最重要的是要用心寫出來，切勿找人代筆，如果有代筆，即自動不合格。

每個人的寫作風格不同，他能夠辨別出專業人士寫的文章，文筆並不代表一切，內容才是最重要的，內容豐富而生動是有幫

助的。因此，學生的人生經驗可是非常寶貴，如果只顧著讀書，人生經驗就會很不足，所以作為家長，應幫助學生爭取更多可以汲取人生經驗的機會。

招生主任指出，很多學生都喜歡去圖書館做義工，但對他來說這是十分苦悶和缺乏創意的。做義工不是看你做了多長時間，而是義工工作的內容是否有意義，對其他人有否幫助，影響或幫的大小也非常重要。他的建議我都深記在心中，因此我盡量帶著孩子放眼看世界，做不同的義工，去海灘清理垃圾、幫助單親媽媽打扮、為孤兒表演溜冰、幫助議員選舉拉票……多接觸不同行業的人，關注世界上發生的重大事件，因此他們寫文章時，也能反映出自己對世界的看法。此外，我再也沒有做其他事情來幫助他們考大學，因為最重要的，還是自我增值。

生完孩子後，有人對我說：「你花了那麼多時間努力讀書，現在還是全職當媽媽。」我非常不同意。在UCLA的講座上，我提出了很多問題，因為我在南加州大學（University of Southern California）的學習經驗，增強了我的溝通能力，我可以與他們的顧問、老師和家長分享經驗，了解他們的學習過程。提問需要的思考能力和技巧，也是我在大學裡

學到的。因此，學習的知識將終生受用，不僅可以幫助自己，也可以幫助子女。

家長是孩子最好的榜樣，所以自己做得好是最基本的。即使無法上大學，也要盡量抽出時間來提升自己，你的努力孩子們是能夠看到的。在完成USC的學業後，到孩子們分別到十歲和八歲時，我繼續進修，在UCLA參加了管理發展企業家課程（Management Development for Entrepreneurs Program；MDE），因為課程導師經驗非常豐富，吸引了許多高級職業人士和MBA學生前來旁聽。

在這個課程中，我體驗到不斷進修、不與世界脫節的重要性，因此我經常提醒孩子們要不斷學習，不要停下來。如果我沒有這樣的經歷，孩子們是不會相信的。

我曾建議他們參加SAT的準備課程，他們說不需要了。我告訴他們，如果他們不想去上課，可以請專人回家教他們。他們說不需要，寫的文章也不讓我過目，我也擔心不知道他們寫了什麼。直到現在，兒子也不肯給我看他的文章，但看過大女兒的文章後我卻哭了，我從不知道，原來她的思想是那麼的成熟，文筆那麼好。

在文章裡我發現了她時常晚回家的原因，原來她打完排球後，會幫學校裡成績欠佳的同學補課，我非常感動。她在北荷里活讀書，學校附近治安不太好，經常晚放學，我非常擔心。我時常埋怨她太晚回家，她也從不提及晚歸原來是為幫其他同學補

習，我知道後也後悔怪錯了他。我想，過去在他們小時候教他們的獨立和價值觀，也在他們的文章中充分反映了出來。

至於大學，是他們自己選的，我沒有要求他們一定要讀常春藤聯盟的學校。我沒有給他們壓力，學校是他們自己選的，科目也是自己選的。在中學後，我也不清楚他們選了什麼課程，全部都是他們自己安排和選擇的。

有些家長覺得我漠不關心，我說讀書是他們的事情，不是

我的，他們會自己做決定，他們讀的科目都是自己爭取的。例如，我兒子在九年級時想修讀微積分，但學校不批准，因為沒有九年級的學生修微積分。兒子說他可以應付，我說好的，你自己去說服老師。他要我幫忙，我不肯，我說你的事情你需要自己去解決。

於是他說服老師給了他一個預科微積分測驗，如果他拿到A，就可以修微積分。最後他真的拿到了A，九年級就修讀了微積分，而且他很早就完成了所有的數學課程，所以更有多餘的時間專攻全美科學盃大賽。選大學也是一樣，是他們自己包辦的，我只是拿出我的信用卡幫他們支付報名費。

報讀大學時，我只提醒了兒女必須用心去寫文章，不要假手於人，他們也有向學校顧問請教如何寫出好的文章，但大女兒卻說，這不是她的真實想法，所以以後也不向顧問求教了。

我非常感謝UCLA招生主任的建議，我知道很多人花了很多錢聘請大學顧問來幫助孩子申請大學，但我一分錢也沒有用到，只要花了多年的努力，培養子女的獨立性格和思考能力，這不是花錢請顧問，能幾個月內做到的。

成功必須要付出，只要有愛心，對子女的付出是不顧一切的。當然，吸取其他人的意見和經驗非常重要，所以我非常感激UC Berkeley的校友Jacky Chan，無私地與我們分享他的經驗。

✦ 校友Jacky Chan分享

非常感謝Jacky跟我們分享他的成功故事。Jacky是我好朋友的兒子，他在美國洛杉磯出生，父母都是來自香港的。他們是我在USC大學的師兄師姐，Jacky大約一年多前在柏克萊大學商學院畢業，是我師兄的兒子。他從小到大都是模範生，曾擔任多個學生會主席，SAT考試成績也接近滿分。

畢業一年後，他已經有一份六位數字薪酬的工作，但他毅然放棄了這個夢寐以求的高薪工作，去尋找自我以及人生的另一個目標。非常感謝他與我們分享他從小到大讀書和工作的心得，以及他內心真正的感受。

我非常感激 Jacky 花了很多時間，寫了一封長達十三頁的英文信件給我的讀者們，現在我將對他的信件進行翻譯和總結。

✦ 第一課：疲倦並不是放棄的理由
First Lesson: Don't stop when you are tired, stop when you are done

大家好，我是 Jacky。我是土生土長的美國華人第一代。我的父母是 Wing 在 USC 的師兄師姐和好朋友。非常感謝 Wing 給我這個機會與大家分享我的經驗和感受。

我的父母都是從香港來美國讀大學的，當年媽媽只買了一張單程機票來到犯罪率極高的洛杉磯東部讀書及定居，讀書時他們都刻苦耐勞、自給自足，靠著 USC 的獎學金完成學業。

他們從一無所有開始，現在住在富裕的洛杉磯地區。雖然他們不是所謂的「虎爸虎媽」，但他們的奮鬥與努力讓我也感受到了壓力。他們是我人生的好榜樣，我從小就從媽媽身上學到了人生的第一課。

我在七歲時開始學習跆拳道，學了不久我已經想放棄了，因為我只想和我的好朋友一起上課，但隨著學習的深入，它變得越來越難，我開始想放棄學習了。然而，媽媽告訴我，如果我能獲得黑帶，再做出放棄的決定吧。於是，我繼續堅持下去，最終成功獲得了黑帶。

✦ 第二課：沒有付出就得不到回報

Lesson two: You don't have what you don't earn

從小到大，我的父母一直非常支持我參加各種不同的活動，例如乒乓球、下棋、足球、繪畫和閱讀書籍。然而，我最喜歡的卻是籃球，我的偶像是高比·拜仁（Kobe Bryant），我瘋狂地喜愛他，我想要學習他的球技和心態，更有一個希望加入NBA的夢想。

但我無法像高比·拜仁一樣專注和自律，他可以在早上四點起床訓練，而當其他隊友早上八點開始練習時，高比·拜仁已經練習四個小時了。我無法早起床，因為我總喜歡在晚上玩遊戲直到深夜四點才入睡，更睡到中午一時後才起床。所以我無法像高比·拜仁一樣，我沒有他的意志力。

成功是需要付出的，於是在二零二一年感恩節，我告訴自己要設立第一個目標，就是每天都要早起上學，第二個目標則是每天早上八時半就要起床運動。我更告訴自己要有持之以恆，不能只在星期一去運動，星期二也去，但到了星期三就放棄，我要每天都去。

經過一段時間的堅持，這個行程漸漸成為我的日常，我不再覺得早起運動是一種負擔。每天跑一點二英里，每週三天高爾夫球，每日只有晚上才玩遊戲，並至少看十頁書及寫日記，這成為了我的日常。

我覺得在兩個月內，我已經改變了，同時我的自律讓我感

到非常滿意，我的行事方式也更有自信，我的自尊心也有了很
大提升。

　　另外一個我很敬佩的榜樣是大衛‧戈金斯（David
Goggins），他以前是美國海豹部隊的成員，經常在網上講述
他挑戰自己的經歷。在二零二二年，他在網上問誰願意接受挑
戰，持續四十八小時，每四小時跑四英里，我知道這個挑戰非
常困難，需要很強的意志力，但我沒有放棄，堅持不懈地跑下
去，最終成功到達終點並與大衛‧戈金斯合照和握手，這亦是
我人生中一個重要的里程碑。

✦ 第三課：機會必須自己爭取

Lesson 3: Opportunity are often lying all around us but we must earn the right to seize them

　　在美國的學業競爭非常激烈，無論是學習成績、課外活
動、學會，還是實習機會等等，都需要付出巨大的努力。

　　在大學二年級時，許多同學都有機會到大公司實習，而
我只能在一家飲料店做實習。這時，我開始認真思考我的事
業規劃，我加入了學校的地產學會，結識了我的好朋友Riya
Luther。他擁有豐富的工作經驗，教導我如何尋找知名地產公
司的實習機會。他給了我許多知名地產公司工作人員的名單、
電子郵件地址以及他們所從事的業務範疇。就這樣，我找到了
我的第一份實習工作，那是位於一家三藩市，非常知名的地產
公司，名為Prologis。

第四課：擁有良好的品行和個人性格
Lesson 4: Good character, work ethic, attitude and values

當我第一次參加工作面試時，我事先準備了很多技術性問題的答案，例如我研究了Prologis公司的業務新聞、內部報酬和收入情況，對該公司非常熟悉，準備得非常充分。殊不知面試官卻問了我：今天好嗎？學校上課的情況如何？為何想加入他們公司？我之前準備的所有技術性問題都派不上用場，面試官只是想要認識我，只想要輕鬆地與我閒談。

後來我明白了，他們只是想要聘請具有良好價值觀、職業道德和品行的人。技術經驗是可以慢慢學習的，他們也可以提供相應的培訓，然而一個人的道德品格卻很難改變。他們公司擁有豐富的資源和培訓課程，他們並不擔心我的技術經驗，而是注重我的待人處事態度。

幸運的我從小到大都有父母作良好榜樣，他們教導我正確的價值觀和道德觀念。因此，我順利通過了面試，獲得了實習的機會。

第五課：做真實的自己 Lesson 5: Being true to yourself

有了實習經驗，我在畢業後成功找到了一份夢寐以求的工作。這份工作薪酬高達六位數，工作地點更位於波士頓。我通過自律和努力慢慢踏上了成功之路，理論上來說，我應該無憂無慮地過著快樂舒適的日子。然而，工作期間我有時會感到空

虛和缺乏安全感。我是一個喜歡挑戰自己的人，因此我想走出自己的舒適圈。

現在，我辭去了那份高薪工作，暫時休息一下，到其他國家學習他們的教育制度，或者做義工教導當地人英文。我希望可以趁年輕時，尋找自己真正的興趣，建立更多自信和自尊，成為一個更快樂的人。

看完了 Jacky 的文章，我十分感動，好像看到了一面鏡子，看到一個年輕時的我。雖然我並非在美國長大，但我在香港讀書時也感受到了壓力。我的爸爸媽媽並非在 USC 讀大學，但他們也是我的好榜樣。

我媽媽是一位賢妻良母，而爸爸則努力工作養育我們，從不在我們面前使用粗言穢語、抽煙或喝酒。媽媽也很注重健康，連汽水也不讓我們喝。我認為家庭教育非常重要，所以我也盡量培養我的子女擁有良好的飲食習慣，努力成為一個好的榜樣。

我和 Jacky 一樣，有時也會缺乏自律，也有任性的一面。但自從我設定了目標，下定決心改變自己的飲食習慣後，我的人生真的改變了。

在接受手術後，我走出了自己的舒適圈，建立了 YouTube 頻道，認識了許多好朋友，擴大了生活圈子。我的生活習慣也變自律又健康。我的身材和外貌也保持得更健美，自信心和自尊心增

強了，人也變得更快樂。

　　我和Jacky一樣，擁有如日中天的事業，但我們都毅然放棄它，決心追求自己的理想，就連我們的家人也對此感到驚訝。因為我們要誠實地對自己說：Be yourself, follow your heart（跟隨內心，做真實的自己）。我們應該大膽一點，趁著年輕時去放眼世界，冒險一下。

　　在此，我祝福Jacky能夠找到自己真正的快樂。我欣賞他的勇敢和真誠，積極解決內心的問題。有時候，快樂是無法用金錢買到的，內心世界的快樂也非常重要。我也希望大家都能真正找到自我，過著永遠快樂的生活。

✦ 有決心有辦法

　　許多人詢問我在美國讀書是否昂貴、學習英文是否困難？只要有心想要學習，方法總是存在的。許多組織和機構都盡力協助那些有學習意願的人。例如，香港校友會聯會獎學基金（Hong Kong Schools Alumni Federation Scholarship Foundation）就提供了許多獎學金給香港和美國有需要的學生，這項基金存在二十多年以來，幫助了很多學生從香港到美國留學，並擁有許多會員。每年，他們也會舉辦籌款活動，得到了許多慷慨捐助的人的支持。我自己也是其中一員，看見了許多學生能獲得獎學金，也很為他們而高興。

　　其他組織例如艾爾蒙地．羅斯密成人學校（El Monte-Rosemead Adult School），報名手續簡單且費用僅為十美分。這所學校吸引了許多初來美國，需要學習英文的人們報名入學。學校不僅提供英文課程，還有許多其他科目和興趣班。只要有心想要學習，總能找到合適的途徑與方法。

5.

青春常駐 美麗人生

5. 青春常駐 美麗人生

美麗就是從內到外，盡可能地展現出自己最好的版本。
——柯德莉·夏萍

"Beauty is being the best possible version of yourself, inside and out."
——*Audrey Hepburn*

✦ 青春常駐的秘訣

年輕時想維持外表的美，是不難實現的，古人就有云「十八無醜女」。然而，隨著年齡的增長，要讓青春常駐則變得不容易。要在五十歲時看起來像十八歲當然很難，但如果能夠保持外貌年輕十至二十年，又何樂而不為呢？

我曾在鄭丹瑞的訪談中提到，想要保持美麗就一定要保持健康，有了健康就會有美麗，有了健康就會快樂。過去，我不太

會控制自己的生活方式，紀律也不夠。喜歡做什麼就做什麼，喜歡吃什麼就吃什麼。

然而，某個暑假經歷了一次手術後，我無法在床上照顧孩子，無法和他們外出遊玩，感覺非常不舒服。當時我發現了健康是多麼寶貴，也改變了自己的生活方式。

幸好我的孩子非常乖巧，當時只有十歲和八歲的他們為我煮湯做飯，還幫忙做家務。我非常感激也感到心痛，他們的暑假本應該是去旅行、放眼看世界，而不是整個假期都留在家中照顧我。因此，我告訴自己，我的願望就是身體沒有病痛，可以快樂地陪伴孩子們長大，所以我決心改變生活方式。

過去我只專注於工作，缺乏運動，喜歡任性地飲食，無法戒口，血糖和膽固醇也升高了。雖然我並不算肥胖，但由於遺傳因素，我也屬於高風險族群。手術康復後，我完全改變了生活方式，在 UCLA 醫生 Dr. Gunn 的指導下，我的血糖逐漸恢復正常。

但要維持健康，就要有極強的毅力和心態。現在，我起床後的第一件事不再是工作，而是送女兒上學後立即去運動。我還嘗試了每天十六小時的斷食，從中午開始進食，然後開始工作，臨睡前則會做四十五分鐘的伸展和瑜伽。現在如果我一星期不伸展，我的肌肉就會開始痛。

說起來容易，但當我非常忙碌時，也不一定能一一做到。所以，每天的工作也需要合理安排，否則無法按照這個時間表進行。我已經依照這種生活方式生活了好幾年，精神真的好了不

少。外出時，竟然還有人問我是否未婚呢！

我和《美國偶像》的 Marcio Donaldson 傾談，當他得知我的孩子已經上大學時，他驚呼起來，還說以為我只比他年輕一點點。我告訴他：「你都可以當我的孩子了。」在餐廳裡，也曾有陌生人來問我聯繫電話，或者幫我支付帳單。現在還有追求者，真的讓我感覺自己仍像個少女一樣。

對於這些讚美，我非常感激。那幾年的生活改變使我更加健康，現在我不需要服用任何藥物，身體一切正常。Dr. Gunn 說這已經很難得了。

在生完孩子之後，我體重增加了三、四十磅，看著照片時也嚇了一跳，臉變得圓圓的，腰也隱約不見了。但只要努力，現在我又可以穿回當年參加港姐選美時選擇的長衫。之所以能夠維持現在的內外健康，靠的都是下圖這個輪子，它代表了我的健康快樂指南——Wing's Wellness Wheel。其中的每一個部分都是不可或缺的，因為如果缺少其中任何一部分，輪子就無法轉動。

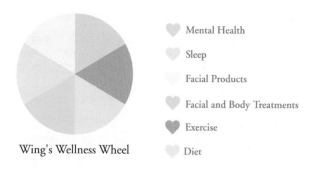

Wing's Wellness Wheel

- Mental Health
- Sleep
- Facial Products
- Facial and Body Treatments
- Exercise
- Diet

✦ 飲食 Diet

隨著年紀增長，新陳代謝已經減慢，身體已經消耗不到額外的卡路里，所以選擇健康的食物是非常重要的事。手術前，我以年輕人的飲食方式進食，最喜歡食甜點，像是糯米糍和菠蘿包，更是愛不釋手。麵包更是每天都吃，橙汁也天天飲用。

我也很喜歡食肉類，尤其是賈斯樂教我做的豉汁炒排骨，以及韓國朋友教我做的韓式牛仔骨、雞翼和雞腿。來到美國後，我更喜歡上食熱狗，因為種類多而且美味。而美國的牛排更是一流，每餐都有豐盛的魚肉和肉類，看起來是十分幸福。

但是，我的血糖和膽固醇逐漸超標，Dr.Gunn 說，如果我不改變飲食習慣就必須吃藥。我記得喬布斯就曾說過：「把食物當作藥物來吃，否則你就得把藥物當作食物來吃。」這是我非常認同的觀點，我也盡量不想吃藥，因為任何藥物都有副作用。以前我不喜歡吃太多蔬菜，現在我把蔬菜當成主食，食用花椰菜和豆腐，配上低脂又健康的肉類，如雞胸肉和火雞肉。

因為食得太多糖分，會提高患上心臟病、糖尿病及癌症的風險，而碳水化合物會在進食後轉化成糖分，所以也不能食得太多。根據哈佛醫學院的研究，如果你的卡路里攝取量中，有17%至21%都是從糖分而來的話，心血管疾病的風險就會增加38%。

我花了大約六個月的時間才學會食得正確。起初，我減少食用白飯和白麵包，改食多穀物麵包，但三個月後我的血糖還是無法降低。Dr. Gunn 向我介紹了 dietdoctor.com，讓我按照其中的

食譜來製作早、午、晚餐，亦盡量避免外出用餐。

起初我有些擔心，擔心食譜會很複雜且不好吃，但後來發現這個網站非常有用，它介紹了不同食物的優缺點，而且食譜簡單又好吃。竟然還教我們如何焗燒肉、做越南粉、蒜蓉麵包和各種健康甜點等等，這些我都曾在YouTube頻道中示範和分享。

岑國權醫生也花了很多時間研究健康飲食，教導了我健康飲食的秘訣。他建議我用羅漢果糖代替普通糖，因為羅漢果糖沒有熱量，所以非常適合糖尿病患者食用。另外，他還教我使用牛油果油烹飪，因為牛油果油含有豐富的維他命E和脂肪酸，且是可耐華氏一百五十度高溫的油，最適合用來炒菜。由於減少了其他碳水化合物食物的攝取，所以我需要攝取健康的油脂來增加熱量，而牛油果油就是最好的選擇。他還建議我不要使用普通麵粉，最好使用杏仁粉或椰子粉；現在我都用這些粉來自製麵包。

另外，我自己最喜歡製作乳酪。當時我做完手術後對很多抗生素敏感，但又無法不吃，因為身體正在發炎，抗生素破壞了我腸道中的益菌，使我不斷腹瀉。情況更持續了很多個月，那時我吃了很多益生菌也沒有改善。

剛好我女兒的學校要做自製乳酪的專題，家裡做了很多自製乳酪，我吃了幾天後，腸道就好了很多。現在我每天都會吃自製乳酪，因為自製乳酪比店舖買到的乳酪培養物多三十倍。以前我的腸道非常敏感，平均每一到兩個月就會腹瀉，現在已經沒有腹瀉了。

✦ 運動 Exercise

我並不是天生強壯，跑得不快，也跳得不高，所以當身邊同學都選擇加入排球隊時，我卻只能做模特兒。

雖然跑得不快跳得不高，但亦不減我對運動的熱情。我從小就喜歡踩單車、打羽毛球和游泳，讀中學時更愛上了壁球。以前還在拍戲時，一有空閒時間就會去打壁球。當時我沒什麼緋聞，但每次和男性朋友一起去打壁球，就會傳出我們在拍拖的謠言，然而事實卻是，我寧願花休息時間去打壁球也不拍拖。到了美國後，很難找到壁球場，所以我開始了打網球和匹克球。

以前我很少去遠足，但自從開始在加州生活後，因為天氣非常好，我也愛上了遠足。以前忙碌的時候，我會隔天運動，每次持續一個多小時，但是 Dr. Gunn 說每天運動比較好，時間不需要太長，每天只需三十多分鐘就足夠，所以我現在盡量在星期一至星期六抽出至少三十分鐘運動，星期日則休息。

我現在大多是去健身房、游泳，有時間就和朋友約打球，假日和家人一起去遠足。早上起床會做至少一百個開合跳來鬆弛筋骨，晚上則會做瑜伽；多做運動不僅僅是為了維持身材。在一眾運動之中，我最喜歡的就是游泳。手術後，游泳幫助我恢復，因為做其他運動容易受傷，但游泳則能減輕關節的壓力，所以非常適合手術後進行。起初我只能游半個泳池，現在我卻可以游二十圈了！

讀大學時，為了應付期末考試，我需要在畢業前的一個月

內完成八個報告,壓力非常大,也睡得很少。當時我整個月都在生病,感冒又咳嗽,吃藥也不見好轉。考完期末考試後,我立即去游泳,意外地兩三天後我感覺好多了,我非常驚訝,但我知道游泳真的幫助了我恢復。作為一個天生患有暫時性氣喘的人,如果我不運動和游泳,我就需要使用氣喘噴霧劑。現在我持續運動,就不需要使用藥物了,可見維持良好的氣血液循環,就是身體健康的一大關鍵。

✦ 面部和身體護理 Facial & Body Treatment

沒有醜女人,只有懶女人。如果你只有十八歲,懶一點也沒有太大關係,但隨著年齡增長,不能再懶散了。Dr. Garry Cussell說,我們在二十歲後,膠原蛋白就會按年流失百分之一,所以不妨數數手指,你還剩下多少膠原蛋白呢?

我以前不知道臉部護理如此重要,手術後,我有至少六個月不能進行護理,當時我拍了照也不敢看。六個月後,我努力進行不同的護理,我的皮膚逐漸回復光滑,看上去也不再憔悴。

現時我在一家皮膚護理和激光中心擔任首席財務官,學到了很多護膚心得,也曾嘗試過以激光治療來增加膠原蛋白的生成。我喜歡去沙灘曬太陽,所以臉上有時會出現黑斑,但激光對於去除黑斑非常有效,使皮膚變得光滑許多。另外,生了三個孩子的我,身上當然會有妊娠紋,但激光治療助我減退了不少妊娠紋,現在我也有了再次穿泳衣的勇氣。隨著科技的進步,激光治療已不再那麼痛苦,所以我每隔幾個月就做一次。

另外，選擇適合自己的護膚品是非常重要的。因為皮膚非常敏感，所以我花了很長時間尋找適合我的護膚產品。我也去過比華利山看皮膚醫生，當時醫生建議我服用藥物，因為我的荷爾蒙失調導致皮膚頻頻出現狀況。經過幾個月的服藥後，我的皮膚明顯改善了很多，就像嬰兒一般滑溜。

雖然皮膚變好了，但我的肚子開始疼痛，最終更確診了子宮肌瘤。我不知道是否與藥物有關，但我亦因此接受了人生第一次手術。之後，我不敢再繼續服藥，只能尋找其他護膚品來補救。

市面護膚品選擇太多，我既不知道該使用哪種護膚品，又不敢隨便嘗試，怕遇上不好的產品。幸運的是，我的港姐好友翁維德介紹了岑國權醫生和他的太太給我認識。在他們多年細心照顧下，我的皮膚狀況有了很大的進步。

他們給我推薦了許多適合敏感皮膚的產品，最終我亦成功找到了適合自己的產品。在COVID時，因為我感染了COVID，所以不能回公司購買產品，只能在網上購買普通的護膚品。使用後，我的皮膚立刻變得紅腫，從此我再也不敢隨意使用其他護膚品了。

在護膚品中，我最喜歡使用面膜，如果能每天使用，效果真的非常好。因為洛杉磯的天氣非常乾燥，洗完澡光是使用潤膚膏亦不夠，還需要使用很多的潤膚油來足以滋潤全身。而保濕面膜更可助面部對抗乾燥天氣，所以我經常把面膜作為禮物送給朋友，因為無論男女，面膜都是簡單又易用的產品。在家裏我最喜愛用 Nebulyft N1 Mutipolar Micro-RF Anti-Aging Device 收緊皮膚。

這款美容儀可以在家使用，我每星期都會用它兩至三次，有助刺激骨膠原增長。在COVID時，它也幫助我不少，是我每次出席宴會前的必需品。加上它易於攜帶，即使是旅行期間，我也必須帶著它，十分方便。

✦ 睡眠 Sleep

對於四十歲以下的朋友來說，健康的睡眠至少需要七個小時；對於五十五歲以上的朋友來說，六個半小時則已經足夠。在手術之前，我很容易入睡，睡眠質量也很好，但在手術後，疼痛使我的睡眠質量變差。

起初，我會使用一些有睡意的止痛藥來幫助入睡，但長期依賴藥物並不可取。剛好我有一位朋友做了一個大手術，他也有無法入睡的情況，當時他向我推薦了 "CALM"，這不是藥物，只是補充維他命鎂，在睡前沖泡一杯服用，真的有助於入睡，從此我就不再需要藥物幫助入睡。

COVID後，因為我不需要帶小孩去上學，慢慢地我習慣了晚睡，不再是早睡早起，我的睡眠規律也因而被打亂了。現在女兒回到學校了，我早上就要送她上學，但是習慣了晚睡的我，一天六個小時的睡眠也不夠。

我發現如果每晚睡眠不足六個小時的話，我的精神也不夠好，做事無法集中。所以我現在的目標是早睡早起，最好在晚上十一點前就可以進睡。

　　我們的睡眠有四至六個週期，每個週期大約九十分鐘，深度睡眠只佔當中兩成。但深度睡眠有助於我們的身體修復和恢復功能，所以有充足的睡眠時間，深度睡眠時間也就更多，抵抗力也會因此更好。

　　另外，除了食用CALM外，冥想也幫助我減壓和放鬆，使我容易入睡。當我冥想時，我會播放一些柔和平靜的音樂，並加上少量香薰，不需要很長時間，每次二十分鐘就足夠。

✦ 心理健康 Mental Health

除了注重身體健康外，精神健康也不可忽視。我們的心智和身體是一體的，如果我們在精神上有問題，身體也無法保持健康。例如，情緒低落時我們會頭痛，食慾不振，也無法入睡。而焦慮症也會引起胃痛，並使精神無法集中。

這種心理問題不僅存在於成年人身上，現在於小孩子身上也非常普遍，尤其在疫情期間。很多人，特別是小孩子，都會出現情緒低落的情況。

我女兒在疫情的第一個月，因為不用上學而非常開心，但到了第二個月，她天天在家中哭泣。因她感到了孤單，既沒有朋友，更不能進行她喜愛的運動——溜冰。我每晚至少要花兩個小時安慰她才能入睡。她的情緒非常低落，但體重卻有加無減，因為她以食物來解決內心的痛苦。幸好她有家人。有了父母和哥哥姐姐的安慰，還有狗狗和貓貓的陪伴，她才能渡過這段艱難的日子。

開學後，她的體重慢慢恢復正常，因為運動量增加，她的笑容也逐漸回來了，可以和朋友同學聚會，她的心情也變得輕鬆了許多。

天真的小孩子是不會說謊的，他們的真情也毫不掩飾。那段日子我非常擔心她，我也知道她不是唯一一個受到疫情影響的人，所以在疫情期間，我也盡我所能去幫助其他人減壓，並建立了YouTube頻道與大家分享資訊，當中也包括自己感染了COVID的經歷。

未知帶來焦慮，我知道很多人因為 COVID 而感到非常焦慮，所以我盡量收集與 COVID 有關的資料與大家分享，以減輕大家的不安。

我覺得一個支持團體的存在，對於精神健康是非常重要的，我也很高興我的 YouTube 頻道可以成為某些觀眾的支持團體，我們互相分享並支持彼此。我也希望大家身邊有一群可以信任的朋友，彼此互相扶持，分享生活的苦與樂。

如果你身邊也有這樣的朋友，請你珍惜彼此的友誼，因為生命是短暫的。COVID 過後，我身邊有些朋友已經消失了，所以真的要珍惜眼前的人。感恩我身邊還有很多好朋友在互相支持，在這裡我想對他們說一聲感謝他們的支持，love you all！

✦ 美麗人生 Innerbeauty

一個女人的美不在於她穿的衣服、身材或髮型。
一個女人的美在於她的眼睛，因為那是通往她內心的大門，是愛的所在。一個女人真正的美在於她的靈魂，她的關懷、無私的付出，以及她展現的熱情；她的美麗只會隨著歲月的流逝而增長。

——柯德莉·夏萍

"The beauty in a woman is not in the clothes she wears, the figure that she carries, or the way she combs her hair. The beauty of a woman is seen in her eyes, because that is the doorway to her heart; the place where love resides. True beauty in a woman is reflected in her soul. It's

the caring and that she lovingly gives the passion that she shows and the beauty of a woman only grows with passing years."
——*Audrey Hepburn*

柯德莉·夏萍曾說過的這段話，反映了我對內在美的想法。談及美，我非常欣賞柯德莉·夏萍，因為她不僅美麗而且充滿智慧，更是一位人道主義者。在她晚年，她奉獻了許多時間在聯合國兒童基金會（UNICEF）工作，她曾在最貧困的非洲、亞洲和南美洲擔任親善大使。看到她不施粉黛、衣著樸素地非洲小朋友合照，她那顆仁慈的心令我非常感動。

以她的名氣，她本可以享受富貴榮華，但她偏偏選擇在最貧困的地方生活，幫助當地的兒童。這真的是難能可貴。所以當我有時間，我也會參加很多慈善活動，幫助其他有需要的人。

在我的人生道路上，曾接受過許多人的幫助，我也非常感激他們。所以當我現在有了能力，我也希望可以幫助他人。我亦鼓勵孩子們去幫助其他有需要的人，所以我會和他們一起參加慈善活動，幫助別人得到快樂，也是我們的快樂，而這種快樂更是金錢買不到的。

例如，我曾參加一個角聲佈道會在母親節舉辦的單親媽媽活動，為她們和孩子們打扮，拍攝了一組美麗的照片，增強了她們的自信心。看到照片後，他們給了我一個大大的擁抱，並對我說，他們從不知道自己或是他們的媽媽可以如此美麗。看到他們面上那燦爛的笑容，我已經心滿意足。

　　柯德莉‧夏萍亦曾說過：「想擁有漂亮的眼睛，得看他人身上的優點；讓嘴唇美麗，得只說善良的話；想活得優雅先了解自己並非孤身一人。」（For beautiful eyes, look for the good in others; for beautiful lips, speak only words of kindness; and for poise, walk with the knowledge that you are never alone）因此，我認為美麗不一定要靠穿著打扮，只有外在美是不夠的。一個人的品行、性格、舉止和言談同樣重要。一個外表美麗的人如果口出惡言，懷有惡意，也是無法被接受的。

如果要我稱讚一個人的美麗，我認為內在美比外表更重要。外在美會隨著時間的流逝而逐漸減退，即使是美得驚為天人的伊莉莎白·泰萊也會衰老。而內在美就像紅酒一樣，會隨著時間的推移變得更好。因此，一個擁有內在美的人，應該會隨著時間的推移而變得愈發美麗。

　　在這一生，我時常放他人首位，朋友的要求我通常都不會拒絕，例如陪試鏡、陪選港姐、簽合約做演員、被邀請做慈善工作、做YouTube及寫書等，我也一一答應，而真正為自己做的事，就是來美國讀書，建立家庭及事業。我認為，一個人的美是不需要他人的讚賞或者為了他人的認同而存在。所以，人生在世所做的每一件事也不是為了他人的稱讚，而是隨心所欲，將他人放在首位，保持正面積極態度，快樂地生活；這就是我的座右銘。

✦ 妝容 Makeup

微笑是女孩能夠塗上的最好妝容。——瑪麗蓮·夢露

"A smile is the best makeup any girl can wear."
——Marilyn Monroe

身邊熟悉我的人都知道我不喜歡化妝，對化妝也沒有深入研究，會看YouTube美妝頻道的女兒，大概比我懂得更多（我只喜歡看新聞或者財經快訊）。因此，多年來我對化妝也沒有太多心得，更有不少人在網上建議我學習一下化妝技巧呢。現在我有所進步，真要感謝我的好朋友Gigi和女兒，她們與我分享了很多化妝心得。

即使是不熟悉我的人都知道，我很喜歡笑，就像瑪麗蓮·夢露説的：「笑容就是最好的化妝品就。」我經常不化妝出門，但我永遠都不會忘記在面上掛上笑容。從小到大，我總是開心就笑、不開心也會笑、緊張時會笑、害怕時也會笑……別問我為什麼，我也不知道，這是天生的。

在YouTube做節目時，也有網友告訴我不要笑得太多，但我只是做回自己，無法控制。過於拘謹的話，做人會很辛苦，還是做回自己最舒服，be yourself and be real。

✦ 永葆年輕的心靈

我已經走過了人生的一半，甚至是大半。雖然我無法確定

自己的人生進程，但我不想要停止，keep going, going, going......這個世界轉動得如此快，變化如此迅速，如果我們停下來，就只會退步。

許多人覺得我比實際年齡年輕，充滿活力。事實上，我是保有一顆年輕的心，也從不放棄學習。查爾斯·狄更斯曾說過：「對於年輕的心靈，一切都是有趣的。」（To a young heart everything is fun.）我喜歡和我的孩子以及他們的年輕朋友一起玩耍，去海灘，在我家開派對。與他們在一起，我可以了解他們的內心世界，不會脫節。

有一次，女兒要擔任模特兒走T台，我到場幫忙，當時有工作人員叫我準備上台，我立即說我是家長，只是來幫忙，而不是上台的。他說我看起來年輕得像她們，也可以上台。後來他更邀請我一起表演。

那個晚上，我們玩得很開心，與一群年輕的女孩一起化妝和梳頭，了解她們喜歡的妝容和髮型。她們都喜歡將頭髮染成不同的顏色，有藍色、紅色、綠色和紫色。這也感染了我，我也換上了新髮色。有時候，我也會因為女兒穿著短上衣而感到不滿，但當看到她的朋友都穿著bra top時，我就無話可說了。現在我的孩子們漸漸長大，我也不敢相信，轉眼間他們已經上大學了。

6.

美國華人 成功故事

6. 美國華人 成功故事

　　自從我來到美國已經有三十多年了，我非常感恩能夠結識許多好朋友，其中包括很多華人。他們中有些在美國長大，有些來自世界各地，但他們都懷揣著一個共同的目標，那就是讓生活變得更加精彩和璀璨。

　　他們的經驗都值得我們去學習，每個人成功的背後都有付出和艱辛。我非常感謝多位好朋友願意與我們分享他們的奮鬥史。其中兩位是經過認證的理財規劃師Ken Yuen和柏克萊大學校友Jacky Chan，他們曾在本書的第三章和第四章中分享了他們的故事。

　　接下來的好朋友也包括了一些知名人士，例如香港小姐楊寶玲、荷里活北優資學校校長Carlos Lauchu、荷里活動作導演鄭繼宗、美國香港商會行政副總裁鄭錦年、Astrana Health首席行政官Albert Young、洛杉磯女議員饒影凡、美國醫學博士岑國權、外科專科醫生李泓暉、商人Frank Ma、歌手翹楓、總裁陳德興、歌手仇雲鋒、UCLA講師Edward Teh、商人Chris Cheng、美國香港校友會聯會主席Chantal Lo、髮型師Ricky Lueng 和我的女兒Julie DuPont；他們都願意與我們分享他們的故事。

　　寫下這本書的最大收穫之一就是拉近我與許多朋友之間的距離。有些朋友我已經認識很久，但對他們的了解仍然有限，當他們分享自己的故事時，我對他們的了解也更深入了，也非常感動。原來我並不孤單，我們有著相似的經歷，我明白了他們成功的原因，再次感謝他們無私地分享成功秘訣。

　　當你閱讀完他們的成功故事後，可以仔細想想自己是否能與他們的經歷產生共鳴？歡迎你在我的YouTube頻道留言，與我們分享你的故事，讓我們多交流，互相支持。

　　科技將這個世界的距離拉近了，確實讓我們變成了一個大家庭。Be my friends, 穎之友！

✦ 楊寶玲 Pauline Yeung
1987年香港小姐競選冠軍

　　我是楊寶玲。在二零零二年來到美國時，我很快就適應了這裡的生活。或許是因為我曾在英國留學，所以對西方的生活也非常適應。

　　到了二零零七年，我在四十歲時當上了媽媽，這真的讓我感到非常高興。在Nathan還很小的時候，我減少了自己的事業和工作，將全部的心思都放在了他身上。作為一個媽媽，我真的非常開心，非常享受這份責任。

還記得Nathan小時候，他開始説話的時間比其他小朋友晚很多，這讓全家人都非常擔心。經過專家的診斷，我們了解到他的智商很高，尤其在視覺空間理解和吸收方面非常出色。然而，由於我們在家中使用雙語（還有保母姐姐，其實是三語）溝通，有時候孩子會感到混亂。因此，我決定只使用英語與Nathan溝通，並且多利用圖畫來引導他説話，不用多久，他便説個不停。

至於我採取的育兒方式，是盡量找一個平衡。我不想成為典型的香港虎媽，也不想採用美國那套過於自由的教育方式來教導Nathan；我感覺如果能夠在兩者之間，找到一個平衡是最好的。

我亦相信音樂對於一個小朋友的成長是很重要的，所以從小我便讓Nathan嘗試不同樂器。他五歲嘅時候開始學彈鋼琴和打鼓，不過一年之後，他發覺自己並不喜歡鋼琴，於是只繼續打鼓。我覺得孩子是需要多方面嘗試，才可以找到自己的興趣和所愛。

到初中時，Nathan便開始學習小提琴，很快便培養出興趣來，直至現在他還有參加弦樂團演出。Nathan亦很喜愛歡音樂劇演出，初中演出比較多，到了高中時，因為讀書比較忙，暫時停了下來。

放假的時候，我們會盡量找一些未到過的地方旅遊，有時候到美國其他的州省行山、釣魚；較長的假期就會到別的國

家體驗不同的文化生活。我是非常相信「讀萬卷書不如行萬里路」的。另外，我們也非常注重參加義工的活動，因為我認為能夠回饋社會，除了是應當的，還是一份福氣。

我非常感恩，Nathan 一直以來，每年都以 High Honor 成績畢業。他是一個很用心讀書的孩子，我非常享受陪伴他一起溫習、成長的過程。

至於我自己的事業，在一九九一年和我的商業夥伴共同創立六福珠寶之後，一直都擔任上市公司的非執行董事和顧問，亦參與公司在世界各地的發展計劃。經過三十多年的努力，公司分店現在已開展到多個國家，共有超過三千多家。

在二零二四年初，公司全面收購了香港資源控股，我現在亦擔任香港資源控股的非執行董事。由於香港和美國的時差，很多時候視像會議都在美國凌晨時間進行，不過由於多年前在娛樂圈工作的時候，也習慣了在晚上工作，所以現在於凌晨開會也不是一個大問題。

我想，最困難的就是開會之後不到四、五小時便要起床安排 Nathan 上學，不過當媽媽的我，絕對是不介意的。還有兩年半，Nathan 便要開始大學生活，我會非常掛念他的！

我跟 Pauline 從選美開始至今，已相識超過三十年，一直都是好朋友。我們的友誼就像是美酒般，隨著時間的流逝變的醇

厚。我們的孩子也一同成長，無論結婚，還是生子的慶祝聚會，我們都會一起度過。

最近，我女兒滿十八歲了，Pauline特地從拉斯維加斯飛到洛杉磯和我們一起慶祝生日。這樣珍貴的友誼，我們一定會倍加珍惜。

我和Pauline有很多共同點，我們都是選美比賽出生的，以前也都是模特兒，同時我們都是媽媽，並且在美國一起生活。她的丈夫和我的丈夫也非常合得來，喜歡燒槍、喜歡戶外活動，例如遠足和騎自行車。雖然拉斯維加斯和洛杉磯之間的距離不算太遠，但也不算太近，所以我們一年只能見幾次面。大家都忙於照顧孩子，希望等孩子真正長大後，我們能有更多時間聚在一起。

我知道Pauline是一個非常盡責的媽媽，她花了很多心思和時間照顧她的孩子，甚至開會開到半夜也早早起床送孩子上學。做媽媽真的不容易啊！為了孩子，我們都做出了許多犧牲，但看到他們健康成長，一切都是值得的。

將來，我們也希望孩子們能夠回饋社會，多做一些幫助有需要的人的事情。

✦ Carlos Lauchu
The Science Academy STEM Magnet
北荷里活分校校長

　　我是Carlos Lauchu，現任The Science Academy STEM Magnet北荷里活分校校長。我有四分之一的中國血統，雖然不會講廣東話，但我喜歡吃廣東菜，尤其是牛肉粒炒飯。阿Wing經常介紹和帶我去吃最好吃的廣東菜，雖然我不太喜歡吃蔬菜，但我嘗試過廣東的蔬菜，像是油菜，我也愛上了。我和阿Wing認識了很多年，他的三個孩子以前也在我學校讀書，我為他們感到自豪，因為他們是模範生，也考上了很好的大學。

在擔任校長之前，我也是一位教師。我認為大多數學生能在中學時成功且成績優秀，是因為他們有一個計劃，他們知道自己的興趣和喜愛的科目，也知道自己心儀的大學。所以在中學時，應該多思考自己喜愛的興趣和科目，例如寫作、科學或文學。

作為老師和校長，我們要發掘他們的興趣，拓寬他們興趣的領域，例如邀請來自不同行業的演講嘉賓來學校演講，舉辦不同科目的比賽。有些學生的興趣可能會不斷改變，我也是如此。我以前在密歇根大學讀醫學預科，專攻化學和物理，後來進入荷里活拍戲，去了紐約做百老匯秀。

在兒子出生後，我決定轉行當教師，後來更成為了校長。我的教學生涯已經有二十多年了，見證了許多學生的成長。有些學生的興趣堅持不變，有些可能每幾個月就會轉換不同的興趣。作為家長和老師，最重要的是支持學生，支持他們喜愛的事物，給他們鼓勵和引導，使他們走向正確的方向，永遠在孩子身邊。我把我的學生視為自己的孩子一樣，教導他們不僅僅是學術，我們也注重他們的品行，他們的成功是我們的驕傲。

非常感謝 Mr. Lauchu 在百忙之中抽出時間與我們分享。我和 Mr. Lauchu 已經相識多年，當初更是一見如故，暢談了一番。或許是因為我們的背景相似，大家都曾從事娛樂事業。他為了兒子放棄了在荷里活事業如日中天的演藝生涯，而我為了繼續深造，也暫時放下在香港發展得很好的娛樂事業。

認識Mr. Lauchu時，他並非一位校長，而是舍曼奧克斯（Sherman Oak）Millikan Middle School的著名導師。我兒子非常敬仰這所學校，因為Millikan Middle School在中學就提供的AP（Advance Placement）課程，非常罕見，但這所學校的入學門檻非常高，需要學生通過一個難度很高的數學考試，以及要家長進行面試。

我兒子朝思暮想也希望可以考進這所學校，因此他為了應對這個數學考試，每天早上五點起床來溫習考試的題目。對於小學生來說，這些題目非常困難，但他並不怕辛苦，每天早起堅持學習困難的數學知識，終於在三百多名參加考試的學生中獲得第一名。

還記得當時學校給我打電話，告訴我他一定能夠被錄取，並祝賀他考取了第一名。起初，我並不以為然，後來才發現原來有三百多名來自不同學校的學生參加了這個考試，我也感到非常驚訝。當初孩子進入這所學校時，我也非常擔心，因為這所學校以困難程度而聞名，小學六年級就需要修讀中學十二年級的AP課程，談何容易呢？

幸好Mr. Lauchu給予學生非常多的支持。我也被邀請在課室觀察，看到老師對學生的鼓勵，我也放心了。看見老師真心地付出，努力給予他們不同的學習機會，培養他們學習的習慣，我明白到老師的苦心。

後來，Mr. Lauchu開辦了一間中學，並擔任校長，我的女兒

也是他的學生。對於中學，我非常擔心，因為存在許多毒品問題和開放的男女關係。我經常和 Mr. Lauchu 先生分享我的顧慮，他總是安慰我說放心，他會像對待自己的孩子一樣保護他們。

我真的非常感謝他，因為他把學校變成了一個家庭，學生們對待和珍惜身邊朋友的方式，就彷彿是兄弟姊妹般。現在他們已經進入大學，但仍然在放假時聚在一起，許多人更特地從東岸乘飛機回洛杉磯見面，這真的非常難能可貴。而且他們也進入了其他非常出名的大學，這讓我感受到學校老師和家長用愛心培養出來的孩子們，前途是無可限量的。

✦ 鄭繼宗 Andy Cheng
　荷里活動作導演

我是 Andy 鄭繼宗，從香港來到洛杉磯已經有二十五年多了。我和阿 Wing 是鄰居，我們的家只相隔幾分鐘的車程。我們的子女一起長大，我的兒子和他的兒子也是幼稚園的同班同學。我們全家都是高爾夫球的狂熱愛好者，我還介紹了我們的高爾夫球教練給阿 Wing 的子女，讓他們一起學習。現在我的大女兒已經從加州大學洛杉磯分校畢業，我的小兒子則在加州大學聖地亞哥分校就讀。我的女兒熱愛高爾夫球，還獲得了不少獎學金和比賽的大獎。

在香港成家班工作時，多謝成龍先生拯救了我一命。有一次我們出海拍攝，我差點因為船的摩打而喪命，幸好成龍先生及時拉我上船，否則我就無法到荷里活拍戲了。我在荷里活擔任特技協調員和動作指導已經有二十多年的時間了，幸運的是，這二十多年我一直做得不錯。我參與了《尖峰時刻》、《盜墓迷城外傳：蠍子王傳奇》、《暮光之城》和漫威電影系列如《復仇者聯盟：終局之戰》等的製作。

在荷里活拍電影，有否遇到被歧視或被人輕視的情況呢？可能因為我來自成家班，香港的動作電影一直受到人尊重，而且主要是因為我自己的表現良好，所以沒有人會歧視我。我認為最難及最重要的是，需要具備良好的溝通能力。在其他國家時，應該努力學習他們的語言和文化，要多作嘗試。

初到美國時，我的英文不好，例如 R 和 L 都是比較難發的音，有些人可能會取笑我，但這並不重要。如果他們聽不懂，那是我自己的問題，我要努力學習，讓別人能夠理解我，後

來就沒事了。所以最重要的是要學好英文,擁有良好的溝通能力,這樣工作也會變得容易。在荷里活拍戲,只要把工作做好,就會受到他人的尊重。

現在我在荷里活結識了很多好朋友,我們相處得非常融洽。我現在努力寫劇本和建立慈善機構,希望日後準備好了,能與大家分享。

Andy是我的鄰居,我們都居住在一個華人稀少的地區,大家「同聲同氣」,互相照應,我和他的家人關係非常熟絡。我們的子女從小一起讀書、一起玩樂,常常在家裡玩聚會,我和他的太太也經常一起烹飪。

Andy不僅是跆拳道高手,而且非常熱愛打高爾夫球,他的一家人也都是高爾夫球的狂熱愛好者。我們的子女曾一起去打高爾夫球,但我的子女並沒有像他們全家那樣對高爾夫球有濃厚的興趣,後來孩子們熱衷於溜冰,就少了一起聚會的機會,但我們仍然保持聯繫。

很高興看到Andy在荷里活的事業越來越成功,最近他擔任動作導演的漫威電影系列在全世界取得了極佳的票房和口碑。當他在澳洲拍攝《尚氣》時,正值疫情期間,我曾跨越國際與他進行訪談。他非常敬業樂業,即使在長時間的隔離後才能返回美國,仍然充滿熱情。

我非常贊同Andy所說的,在美國最重要的是具備良好的溝

通能力，尤其是英語能力是不可或缺的。學習語言可以更深入地了解他們的文化，更好地融入社會、擴闊自己圈子，結交更多的朋友。起初可能會遇到一些困難，但不要害怕嘗試，就像Andy所說的，不管別人如何嘲笑，慢慢多說一些就會習慣了。

當我來到這裡讀大學時，最大的收穫就是在溝通和語言方面有了很大的進步。曾有人問我為什麼嫁給外國人，我認為如果能夠與不同的人進行溝通，嫁給誰都不是問題。

✦ 鄭錦年 Raymond Chang
　美國香港商會行政副總裁
　嘉惠爾醫院理事會主席

　　我在五十年前從香港來到美國，這是一個巨大的挑戰。不同的地方、不同的背景，我需要接受美國的文化。作為一個年輕人，如何成為一個有用的公民也是一個巨大的挑戰。經過幾

十年的奮鬥和努力，結果證明了幾樣重要的事情，那就是心態要正確，要勤奮努力不怕辛苦，並要對社會要忠誠；這幾個要素是不能分開的，而勤奮更是必須的。一個人要想成功，必須具備這三個條件。

來到美國幾十年之後，我經歷了各種挫折，讀書、工作都受到了很大的考驗。通過社會的不同經驗，我才發現成功並非偶然，而是一個漫長的過程。要一步一步地為社會盡責，對朋友要忠誠，對家人要愛護，對弱勢社群要給予幫助。當你將所有這些條件融合在一起，不求回報地去做事時，你就會獲得好的結果。

與林穎嫻相識多年，她在當選香港小姐之後，就來了美國，相夫教子，三個小孩都教育的非常成功，並在工作之餘，積極參與社區及慈善活動。她也是我們生活及學習的榜樣，是我們華人的驕傲，祝願她的新書發表獲得成功。

我們希望能夠借用 Wing 的作品，告訴大家成功是可以實現的。如果你確定目標是正確的，那麼一步一步地去實現，最終會有好的結果。Hard-working, honesty and loyalty!

我和 Raymond 是好朋友，我們分享著共同的價值觀。我們是在一個朋友的生日派對上認識的，一見面就非常投契。之後，他更邀請我加入美國香港商會，我亦參與了很多他們籌備的慈善工作。

我和Raymond一起合作完成了很多項目，最近的項目是一個中國新年的慈善餐會。他們邀請我獨自上台演唱，這是我第一次獨自上台唱歌。在學習了幾個月的歌唱技巧，再加上Raymond的鼓勵，我終於鼓起勇氣上台唱歌了。但如果沒有Raymond細心的安排，對每個細節都瞭如指掌，這個活動也不會那麼成功。

他的人脈廣闊，能夠邀請到不同政界和香港美國商界的領導人參加活動。Raymond做事總是充滿熱情，樣樣都盡心盡力，樂於幫助他人，從不假手於人。他的努力、對社會的貢獻和對人的真誠是有目共睹的。每當我們遇到困難時，第一個想到的就是找Raymond，他會「見招拆招」，慢慢地幫助我們解決問題，他的經驗是非常寶貴的。

Raymond更擁有一個溫馨的家庭，共有八位孫兒，為他一生的努力錦上添花。

✦ **Albert Young**
M.D., M.P.H.、Astrana Health 首席行政官

我是Albert Young楊醫生，亦是Astrana Health的首席行政官。十七歲時我從香港來到美國求學，取得了West Virginia University School of Medicine的醫學學位，之後在南加州大學

進行內科住院醫師培訓，並在加利福尼亞大學攻讀了公共衛生學碩士學位。多年來，我一直從事醫生工作，並管理過萬多醫生。我也參與了許多慈善工作，現在回饋社會，幫助我的太太Yvonne參選；我對她的支持是無限的。

我來到美國多年，我的美國夢早已實現。我相信每個人都可以實現自己的美國夢，只要保持謙虛和實事求是的態度。每次做事都要全力以赴，每天都要活得像最後一天般，需要在當天完成的事情就一定不能拖延，就像警察會跟家人說的一樣，「今天可能是我最後一天工作」。

實踐美國夢不一定是金錢或事業上的成功，美國夢也可以是實踐善良。做事要付出愛心，我們每天都要尊重和關愛他人。

我在許多慈善活動中都能見到楊醫生Albert，他慷慨贊助各種不同的慈善事業。每次活動中，他身邊都有Yvonne陪伴，他們的穿著搭配都十分協調，我非常喜歡他們的情侶裝。他們非常恩愛，而且楊醫生對Yvonne的支持十分堅定，羨煞旁人。

楊醫生擁有豐富的經驗，並且受到人們的尊敬，但他卻是一個十分謙虛的人，從不擺架子。他的言談舉止溫柔有禮，非常和藹可親。每次Yvonne有選舉活動，他都會細心安排一切，並在旁給予她指點。他真的非常有愛心和善心，這也是他成功的其中一個因素。我非常感謝他在繁忙的時間中，除了幫助Yvonne參選外，還抽出時間來與我們分享他的成功之道。

✦ 饒影凡 Yvonne Yiu
女議員、蒙特利公園前市長

　　我是饒影凡 Yvonne，十六歲時從香港來到美國求學。初初來美國並不容易，因為語言溝通困難，再加上媽媽被人騙了金錢，所以我在中學和大學期間就開始了各種工作。我曾擔任過模特兒、在銀行和信用合作社工作，還有在電視台擔任主播等等。雖然辛苦，但這些工作經驗為我現在的選舉活動提供了幫助。

　　我目前已擁有二十五年的財經經驗，現在我有著一種使命感，希望將我的工作經驗回饋給社會。我曾擔任過蒙特利公園的市長，也參選過加州審計長，現在則參加加州參議院選舉，無論是否當選，我也希望能為加州做出一些貢獻，改善目前不穩定的治安狀況。

　　目前加州的治安情況比以前更為惡化，這是因為有一項法例規定，只有金額超過九百五十美元的罪行才被視為犯罪，罪

案因而大幅增加。Are you hurting？我希望在初選後能夠減少加州的罪案數量，為加州帶來改變。

儘管我身兼數職，我已經成為了三個孩子的母親。我的大兒子正在攻讀博士學位，還有一對年幼的雙生兒。雖然我的工作非常繁忙，但有丈夫和家庭的支持，我能夠為社會服務，從事不同的工作。最重要的是，我要懂得合理分配時間，善於多重任務處理，每分每秒都不能浪費。

很多人都問我，我的大兒子如何在二十歲時就攻讀博士學位。他很早就從大學畢業，我從來不需要擔心他的學業。現在他更像是我的秘書，給予我不少幫助。在他小的時候，我常常帶他到圖書館借一大堆書回家閱讀，不管是什麼類型的書籍，他都喜歡看，包括漫畫書和故事書等等。但興趣需要培養，我也花了不少時間常常陪伴他去圖書館。

我的大兒子也是Wing兒子的朋友，他們都喜歡看書。我和Wing在大學時是同一所學校的學生，雖然是同班卻只見過一兩次面，因為後來我轉校去了加利福尼亞大學，而Wing則去了南加州大學，但我們有著深刻的緣分。我們常在不同商界活動中見面，現在我們成為了好朋友，時常交換育兒心得，珍惜著我們的友誼。

我和Yvonne雖然在大學時見過面，但由於轉學到不同的學校，我們有段時間沒有見面。直到參加商會活動時，我們又碰巧相遇了，如今我們成了好朋友。因為我們有相似的背景，她曾當

過模特兒，大家都修讀了經濟學，而且我們的孩子年齡也相仿，所以我們有很多共同話題。

我一直很欣賞她，因為她很努力。我知道要同時當媽媽和考取多個金融相關牌照是多麼不容易。現在她一對孖仔年紀尚小，她仍付出不少努力參加選舉。

我知道在美國從政是一項艱鉅的任務，需要投入金錢和精力，更要不辭勞苦。有一次我陪女兒幫她拜訪不同選民的家庭，我們整整走了一個上午，訪問了大約三十個家庭，我已經感到疲憊不堪。但Yvonne告訴我，她已經探訪了數以萬計的家庭，走到連鞋子都磨損了。這真的不簡單，成功確實需要付出代價。

◆ 岑國權
　 醫學博士

初初來到美國時，我在加利福尼亞大學就讀，隨後轉到耶魯大學進修醫學，畢業後專攻耳鼻喉科醫生。後來我也進入了

醫學美容領域。在這期間，因為香港小姐翁維德的介紹，我認識了阿Wing。在她生完孩子後，她成為了美之秀的代言人，而我則幫助她改善皮膚和身材，從那一天開始，已經過去了大約十八年。

多年的努力之後，她變得越來越美麗。要想變得漂亮和健康，當然需要付出努力，就像在人生中取得成功一樣，我認為最重要的是自律；在我讀書的時候，當大家都去參加派對時，我則繼續努力學習。做事情也要堅持不懈，不要輕易放棄，還要培養好的習慣，做事要守時。

我對自己在每一件事情上的要求非常高，如果做得不好，就要繼續嘗試，一路上不斷學習。現在我也不斷參加醫學美容講座，不斷學習世界各地最新的資訊和醫學訊息，真的是活到老學到老。因為醫學美容科技每天都在不斷進步，停下來就會被落下。

阿Wing經常參加我們的講座，她的坦誠和自信深深感染了我們許多人。她從不吝嗇與我的客戶分享產後瘦身和肌膚問題解決的秘訣，以及身為名人的生活體驗。這本書無疑凝聚了她作為一個扶育三個子女的母親所展示出的無比智慧。在當今社會，這絕非易事。而且她的子女確實融合了東西方最好的文化。如果你想尋找更多關於美容和育兒的知識，這本書絕對不容錯過。

感謝岑醫生的讚賞。與岑醫生認識已經多年了。記得那年我的女兒只有五個月大，我手抱着她參加了岑醫生的講座，聆聽他的演講。當時我被他的經驗和智慧所吸引，想更深入了解醫學美容的知識。

非常感謝岑醫生解決了我敏感皮膚的問題，還在我生完孩子後幫助我恢復身材，同時教導我許多養生常識。他花了很多時間研究健康飲食，並細心指導我們如何活得更健康、更美麗。他介紹了許多健康食材，如羅漢果糖、牛油果油等等。他的說法不僅僅是口頭表述，還有大量的數據支持。在他身上，我學到了很多有關健康的知識。

他不僅僅是一位醫生，更是一位藝術家，我第一本書的精美照片就是他拍攝的，他也會到世界各地拍攝美麗的照片。此外，他還是一位插花高手，我們公司所有的美麗花藝都是他親手創作的。談到自律，他認了第一可沒有人敢認第二，因為他的意志力非常堅強。

日常生活中，我也盡量減少攝取糖和碳水化合物的食物，但有時候在和朋友聚會或外出用餐時，也難以抵擋誘惑，偷偷地品嚐一些不太健康的食品。但是岑醫生說不吃就不吃，他的自制能力非常出色，他也有早睡早起的習慣，盡量減少應酬。因此，他的外貌和容貌比他的實際年齡年輕至少十歲。

現在他非常健康，行動迅捷。我一直以為我很自律，但相較於岑醫生，我覺得自己有些放肆。我喜歡參加派對，經常熬夜，

這是我的缺點。我也喜歡吃甜點，在家時會盡量使用羅漢果糖自製糖水和蛋糕，但是在外面宴會時，我也忍不了口。我要向岑醫生好好學習，培養自己的意志力。

✦ 李泓暉 Frank Lee
外科專科醫生

我是一個來自香港的外科專科醫生。我在香港土生土長，曾在公立醫院工作十年，後來轉至私人醫療市場執業。初時在事業上有些成就後，我決定與家人一同移居美國，成功找到外科專科培訓機會，重新建立我的醫療事業。

我於二零零七年畢業於香港大學醫學院，並於二零一四年完成外科專科培訓。曾在公立醫院擔任外科部門副顧問醫生，隨後一段時間在香港進行私人執業。

　　基於家庭和個人原因，我於二零二零年與太太一同決定來到美國，帶著兩個兒子開展新的生活。作為一名香港的醫生，到美國最大的挑戰是我們的專業資格未得到美國的承認，因此事業需要重新開始。雖然曾經猶豫過是否應該在安頓好家人後獨自回到香港繼續工作，但在與許多朋友、前輩和家人的討論後，我認為一家人在一起最為重要，而事業可以重新開始，財富也可以重新累積。因此，當做出決定後，我便開始積極地部署，研究如何在美國重新開展事業。

　　對於外地醫生來說，如果想在美國重新執業，最大的難關是需要重新接受專科培訓，才能拿到醫生執照。由於美國本地醫學院畢業生眾多，專科培訓名額有限，因此即使本地醫學院畢業生也不一定能夠找到培訓機會，更不用說外地醫生了。一般來說，外地醫生成功進入培訓的機會僅有大約六成，而能夠進入比較受歡迎的專科（例如外科、骨科、眼科等等），成功機會更低。因此，當我與家人在美國安頓好後，我便開始埋頭苦幹，努力準備醫學院的畢業考試。

　　同時，我也積極尋找美國醫院的觀察機會，希望能夠與本地醫生建立聯繫，獲得他們的推薦信。透過朋友的介紹，我亦得以在一家美國大學醫院參與醫學研究，能夠發表醫學研究對我的履歷幫助很大。幸運的是我在醫學考試考得不錯的成績，而且在本地醫院觀察和參與醫學研究時，亦獲得本地醫生的賞識，他們為我寫了很好的推薦信。最後我在二零二二年成功進入加州大學爾灣分校醫院的外科部門開始專科培訓，預計五年

後可以獲得美國外科專科執業資格，得以重操故業。

美國的外科專科培訓十分艱辛，常常需要在清晨四、五時起床上班準備巡房，很多時候要工作到下午七、八時才能回家，有時甚至要通宵工作和做手術。我在年輕的時候已經在香港捱過一次專科培訓（《On Call 36小時》並沒有誇張），現在人到中年，又已經成家立室，又要再來一次艱辛的專科培訓生涯，實在是不容易。

面對逆境的時候，我最大的動力來自為家庭拼搏，和對成功的追求。我希望能夠為家人帶來穩定和美好的生活，為兒子創造最佳的未來，同時成為他們的榜樣，讓他們知道爸爸是一個勤奮能幹的人，而且只要努力，就能在美國這個機會處處的地方找到成功。儘管工作時間長，作為受訓醫生的收入亦不高，但我相信這些辛苦，長遠來說對家人的福祉和個人事業的發展都是值得的。而且醫生的工作能夠幫助有需要的人，只要想到這點，再辛苦也有意義。

初來美國的時候，對未來一定會有迷惘和懷疑，這時候一定要認清長遠的目標，然後集中行好眼前的每一步，慢慢就會行出一條路來。比本地人在職場上我們面臨更大的挑戰，因此我們需要付出雙倍的努力，不怕艱辛，不要害怕「蝕底」，才能成功。作為一名具有一定經驗的醫生，在重新接受培訓時，更應謙虛和敦厚，不要讓同事認為我驕傲自大，這樣才能在團隊工作中發揮自己的才能，為病人提供最佳的治療。

幸運地，在美國這幾年我並沒有感受到歧視，反而因為我的臨床經驗和認真的工作態度，得到了同事的尊重和上司的賞識。我也很感激得到太太的支持，適應上並沒有遇上很大的困難，也有港人教會的支持，很快就習慣這裏的生活，亦交到本地的朋友。

很多謝 Wing 讓我有這個機會分享我小小的經驗，只要腳踏實地，努力拼搏，一定有美好的將來在等我們。

感謝 Frank 的分享。Frank 是我堂妹的丈夫，他在香港時我們的見面機會不多，但在他來到美國居住後，我們的相處頻率增加了，對他的了解也更深入。

我非常欣賞他，他是一個出色的父親、丈夫和朋友。他的性格非常溫柔體貼，待人十分有禮貌且和藹可親。我相信他在美國一定會取得成功，因為他不怕辛苦，也是一個團隊合作的好夥伴。與他相處非常融洽，他也非常盡責地完成工作，對家人非常周到照顧。有這樣一位出色的丈夫和父親，我也為堂妹感到十分驕傲。

我常常對孩子們說，Frank 是一個很好的榜樣。雖然沒有人是完美的，但我暫時無法找出他的任何短處。我明白人到中年，事業要從頭開始是多麼不容易。儘管他和他的家人很容易適應新生活，但 Frank 非常勇敢，就像我一樣放棄了在香港高薪的工作，來到一個陌生的地方建立家園，談何容易呢？每個人的理想都不

同，但我們都有著同一個目標，為了我的兒女，暫時放下光輝的生活，放棄名利，去建立更美好的未來！

✦ Frank Ma
Cosmetic America 創辦人

大家好，我是阿Frank。我從小時就香港來到美國求學，已經有一段很長的時間。現在亦在美國開設了自己的化妝品公司。我的公司代理了不同的化妝品品牌，例如Gucci、Christian Dior、YSL和Chanel等等。我也為許多香港的化妝店和藥房供貨。

轉眼間，我已經經營自己的生意多年了。相比於打工，自己做生意是非常辛苦的，每件事情都需要付出心力。如果你被解僱了，不想工作，千萬不要創業。如果連打工都支持不住，做生意一定無法成功。我認為成功的因素中，最關鍵的是自信，擁有正面的思維，同時要勤奮努力，更重要的是要有好運氣。

成功還有很多因素，其中一些是我們無法控制的。商業環境會隨時變化，現在自己做生意也並非容易。祝大家好運！

我在朋友的聚會上認識Frank，那時並不知道他是商人，也不知道他從事的行業。我只知道他臉上常帶著笑容，唱歌也很好聽。他還會邀請一群朋友到他家一起組樂隊唱歌，非常好客和熱

情。他也喜歡開玩笑，熟悉之後，他問我是否知道他做什麼生意，我回答說不知道。後來他向我解釋，才知道他是化妝品界非常有名的供應商，擁有十分豐富的經驗，並且經歷了不少事情，尤其是現在經商環境的轉變，可是非常不容易。

他提到成功的因素之一是幸運，我非常贊同這一點。除了努力，有時候運氣也是很重要的。我也算是個幸運的人，在選完港姐之後，TVB十分器重我，給了我很多機會擔任第一女主角。我並沒有接受過訓練班的培訓，邊拍戲邊學習。非常感謝TVB監製們的賞識，也感謝觀眾的喜愛。

來到美國後，我也遇到了很多朋友的幫助。一開始不熟悉煮食，後來認識了一位廚師的女兒，她教了我很多烹飪技巧。在校園裡也有優秀的教授指導我，他們現在也成了我的好朋友，時常在我的生活和工作中遇到困難時提供意見。

我的子女也非常乖巧，現在還照顧著我，幫我買菜做飯。現在我喜歡唱歌，也找到了一位很好的導師。身邊也有很多好朋友關心著我，真的很幸運。這一生遇到了很多好朋友，大家互相幫助和鼓勵，我認為做人就像對著一面鏡子，如果想讓別人對你好，你也必須對人好。我一直隨心所欲地做人，最重要的是保持快樂和身體健康。我仍有很多好朋友需要感謝，下一個章節慢慢和大家分享。

✦ 翹楓
歌手、醫護人員

　　我是翹楓，在香港土生土長，從小就對音樂非常熱愛。從九歲開始學習聲樂，十三歲開始嘗試唱流行歌曲。在香港參加了一個大型公開歌唱比賽，獲得了季軍。為了進一步提升自己，我決定離開香港，獨自前往紐約的一個小鎮。

　　我一心想要追求學業，但由於我的學歷基礎只是一般的中學程度，所以在美國的學生生涯一開始就經歷了一段艱辛的時期。因為當時整個學校裡只有我一個外國留學生，想找到一個可以交心的朋友或同學可是非常困難。

　　我仍然清楚地記得當時的情景，即使我在午餐時間吃飯或

者去圖書館自修，只要我坐在那張桌子旁，其他與我同桌的人都會同一時間離開；這樣的經歷實際上持續了相當長的一段時間。放學後，我通常都是自己一個人去圖書館自修，直到圖書館關門為止才回家。

大概有六個多月時間，我一直依賴著一本中英文翻譯字典，才有足夠的勇氣回校，否則我就像欠缺了什麼般不自在。還記得當時有一門課是商業法律，需要進行測驗。

我花了大約兩個禮拜的時間準備這次測驗，做了足夠的功課。但是，很奇怪的是，當測驗結果出來後，我只得到了七十六分，當然，當我收到這個成績時，心裡有些不舒服。於是我走上前去問我的教授，我是否做錯了什麼事情？或者漏掉了些什麼？為什麼我的分數這麼低？

當時這位教授在這幾個同學面前回答了我的問題。「我不知道你想要什麼，你不是在美國出生，英文不是你的母語，能夠在我這個班上上課，其實已經非常幸運了。我不知道你還想要什麼。」然後就讓我回到座位。我非常不開心，所以我對自己說，無論什麼情況，在下一次測驗中都要多拿一回分數，要對自己有個交代。

在下一次測驗中，我花了比之前兩倍的時間和努力。我還記得當我考這個測驗時，不斷地檢查和核對答案，直到最後一秒才交卷。

當發卷的時候，教授進入教室，他低頭對我們全班說，這

次的測驗成績非常不理想，班上有很多同學都不及格。但是有一位同學不是在美國出生，英文不是他的母語，分數卻是全班最高的九十七分。

他喚我名字著我出去拿回卷子，我走到他面前，告訴他：「我要證明給你看，即使我不是在美國出生，英文也不是我的母語，但是我相信自己，堅持下去，我一樣可以取得好的成績。」

我回到座位，教授非常愕然，但也是因為我的舉動，我獲得了班上五十多位同學的掌聲和支持。正因為這個行動，我開始得到許多其他同學的認同，包括其他老師和學校的職員，他們對我態度完全改變。那時開始有同學會主動跟我交朋友，邀請我參加他們的小組活動，一起溫習、一起用餐。

當時亦因為他們的介紹，希望我可以到那個小鎮裡的不同小學和中學介紹香港文化，讓他們更了解這位外國人。正是因為這樣，許多人對我的態度都完全地改變了。

大學畢業後，我就從這位紐約小鎮搬到了加州洛杉磯。一直以來，我都從事醫務工作。我的生活一直都很平凡，直到參加了一位朋友的盛大生日派對。當時，他要求朋友們上台唱歌助興，我被大家起哄推了上台，然後他們就驚訝，原來我會唱歌，更不斷地稱讚我唱得不錯。

其中一位朋友更向我過來，跟我說我應該多唱歌，不應埋沒自己的聲音，要與大家多分享。正因為這位朋友的介紹，

我認識了許多其他朋友，並參與了許多不同類型的音樂演出，當中包括許多義務慈善表演。這再次點燃了我對音樂的微小火花，我覺得只要堅持不懼怕，全心全力做好每一天，如果今天做得不好，就問問自己有什麼欠缺了，希望明天可以補回，或者下一次有機會時不再犯同樣的錯誤。我相信擁抱這種心態可以幫助他人，也幫助自己，無論身處何處，都能找到自己的小天地。謝謝。

我是在一個宴會上認識翹楓的，那時候聽到他唱歌，我聽得目瞪口呆，想他是誰？唱得非常悅耳動聽，唱功非常出色，整個場面都被他的歌聲震撼了，掌聲不斷。可惜我當晚必須陪我的女兒回家，只有聽了他唱了兩至三首歌，但這仍然是一個難忘的經歷。

後來再次遇見他唱歌時，我叫他多唱幾首給我聽，他非常樂意且隨和，我身邊的朋友也非常欣賞他，於是我們邀請他成為美國香港商會新年晚宴的嘉賓，我也有機會和他同台演出。在和他合作之後，我更加覺得他可愛，而且樂意助人。

當我需要幫助時，他毫不猶豫地出手相助，尤其是當我需要拍攝封面照片時，他義不容辭出手相助，我也不知道他竟然還擅長攝影，多才多藝。

他知道我在趕出書，需要在截稿日期前完成，他不眠不休地幫我整理照片，這真的是我運氣好，遇到了翹楓這樣樂意幫忙

的人。在我最需要幫手的時候，他出現在我面前，沒有特別安排，毫不猶豫地幫助了我。

他還和我分享唱歌技巧，我開玩笑地說，我能唱得像你般十分之一就已經很開心了。他不僅僅幫助了我，還幫助我身邊的朋友安裝卡拉OK系統。他工作繁忙，卻日以繼夜地幫我們處理一切，從不抱怨，每個人都非常感激他。

他在校園裡的經驗也喚起了我工作經驗的回憶。還記得在我在Warner Bros.擔任高級會計師時，一般人對我的態度都很普通，沒有歧視也沒有忽視。然而，當我憑著一個自己寫的程式，將原本需要十小時完成的工作縮短為十分鐘，成功解決了公司一個非常困難的難題時，就讓他們大吃一驚，對我亦另眼相看。

有人甚至要求我開班教導他們，因為當時很少有人能夠將會計工作和電腦程式相結合，懂會計的人未必懂電腦編程，而懂專業電腦的人也未必了解會計運作。正因為如此，我獲得了很多尊重，他們遇到困難時也會向我諮詢。

從中我領悟到，無論種族、膚色、男女，只要具備才華和能力，就可以令人五體投地。我並不特別聰明，只是利用自己的私人時間研究新科技，參加課程繼續進修，我比其他人付出更多，所以回報自然也更好。就像翹楓一樣肯付出雙倍的努力，自然會有人欣賞。真正做人的關鍵在於不怕吃虧，不計回報，只要盡力而為把事情做到最好，就能心滿意足。

在美國香港商會的晚宴上，有人讚揚我唱歌好聽，我告訴他：「你知道嗎？我可能已經唱了那首歌近千次了。」我天生記性不太好，要記熟歌詞並不容易，加上我平常不太會聽流行曲，對歌曲也不太熟悉，所以在練習時要加倍努力。我覺得當你付出了，別人都會看到的，即使沒有人欣賞也不重要，最重要的是能夠過得了自己這一關，畢竟人生最難就是挑戰自己。

✦ 陳德興 Alex Chan

AO & AOC Freight Corporation 總裁及首席執行官

本人於一九九一年七月七日移居洛杉磯居住。我太太相當幸運，剛下飛機就找到了新工作。與以前的工作不同，她全職在一家眼鏡公司工作；她在這家公司已經工作了三十二年。我兩個兒子在這裡讀高中，畢業後開始從事他們喜歡的工作。但隨著年齡的增長，他們發現汽車零件改裝行業的發展不如預

期。因此，他們在二零一五年轉行，和我一起在物流公司工作。到現在，我的小兒子開始從事手機保險業務，經過六、七年的發展，現在他從事蔬菜水果批發業務差不少十年了，發展也相當不錯。

我在香港也從事物流公司工作長達二十六年。在我剛到洛杉磯的頭兩、三年，一直在兼職工作，因為工作不穩定，我差點考慮返回香港發展。後來因為堅持，終於在一九九五年開始找到了全職物流工作的機會。在二零零零年，我和朋友合作開辦了自己的公司，也面臨了很多股東問題以及語言上的問題，從那時起，我開始自己練習英文和國語。都可以說是有運氣和朋友的幫助，才有了今天自己的公司。

決定來美國居住是明智的，但一定要用心去做，不怕辛苦。對於語言的問題，一定要自己努力學習，不要害怕與他人溝通，畢竟語言都是說得越多，吸收越多。

Alex 和他的太太 Angela，就像是我的兄長姐妹一樣，他們非常疼愛和支持我。他們一家人非常樂於做善事，心地非常善良，對每個人都充滿關愛。Angela 也經常照顧我的孩子，烹調美味的食物供我們享用。他的兒子從事水果批發業務，經常給予我們一些在超市難以購得的水果。

我的家人在香港，美國的親人並不多，但在美國卻遇到了一些像親人一樣的好朋友，這真是難能可貴。

　　Angela 和 Alex 已經結婚近五十年了，他們仍然非常恩愛，相敬如賓，是許多夫婦的好榜樣。他們在美國已經生活了三十多年，也經歷了不少困難。萬事起頭難，但他們沒有放棄，不斷嘗試。他們的成功也付出了許多努力，身邊的朋友也給予了不少幫助，出外靠朋友可是真的。

　　在華人圈子做生意，語言技巧非常重要，不僅要學好英文和國語，還要了解多國語言，例如粵語、國語和英文都是必不可少的，很多華人商人也懂多國語言。

　　在洛杉磯，如果能說西班牙文就更好了。我的子女選擇學習西班牙文作為第二外語，因為大約四成的人在洛杉磯都會說西班牙文，所以這種語言技能非常有用。Alex 和家人的努力大家也有目共睹，他們在許多慈善場合都出席並貢獻金錢和力量，對社會做出了很多貢獻。

✦ 仇雲鋒
歌手

　　我是仇雲鋒，從小就和家人一起來到美國讀書，可以說在美國長大。畢業後回到香港參加了歌唱比賽，並發行了自己的唱片《半夢半醒》，這首歌在香港非常受歡迎。現在我住在洛杉磯，有自己的工作，也作為歌手參與各種活動。有空的時候，我還會教唱歌。我和 Wing 認識已經有二十多年了，最近她終於有時間跟我學唱歌，讓我們的交情更深了。她學得很快，期待我們能夠一起合唱。

　　在美國成功，我覺得最需要的是教育，要有良好的學歷和目標。無論你是哪裡人、什麼種族，努力學習都是非常重要的。最重要的是找到自己熱愛的科目和興趣，最好在學習的同時也能兼職，體驗社會生活，擴闊生活圈子，結交更多朋友。

　　千萬不要浪費時間在毒品上或做醉酒鬼，很多時人都要犯

了錯才會後悔莫及。不要因為工作壓力大就借酒消愁，我們都要學會如何平衡工作和生活。我也花了很長時間尋找自己的目標，但只要不放棄，一定能做到。

我熱愛音樂和唱歌，希望能夠培育更多歌唱人才。非常感謝阿Wing給我這個機會，讓我可以與大家分享。

我與仇雲峰認識多年了，他經常在很多朋友聚會和活動中擔任歌唱嘉賓。他的歌聲悅耳動人，令人百聽不厭。多年來，我一直想跟他學唱歌，但由於要照顧兒女，很難抽出時間和他學唱歌。現在兒女已經長大了，也有自己的生活並忙於讀書，我有了更多的時間，終於有機會跟他學唱歌。

我知道他不是隨便教人的，要求很高。很高興我符合他的要求，可以教我唱歌，他非常有耐心，也很細心。非常感謝他給予我很多時間來遷就我繁忙的生活，他很有心機地慢慢培養我唱一首好聽的歌。最近在美國香港商會的演出中，他給予我很多支持和鼓勵。

對我來說，一個人上台唱歌是一個很大的挑戰，因為我是一個追求完美的人。以前有很多人邀請我唱歌，我也都拒絕了，因為我覺得自己準備不足。現在有了仇雲峰的鼓勵和教導，我也能夠勇敢地自己上台唱歌了。

我十分喜愛上台表演的感覺，也喜歡了唱歌。唱歌是一個非常好的興趣，可以與人一起分享。由於我從小就彈琴，十四歲

就開始教彈琴，有一定的音樂基礎，所以唱歌相對容易一些。我的夢想是能夠自彈自唱，希望有一天可以表演給大家看。

✦ Edward Teh

Bridgeway Capital Group, ENDA Digital Marketing Group Inc 主席

UCLA Anderson School of Management Development for the Entrepreneurs 講師

我是Edward，已在美國生活了四十多年，當初從馬來西亞來到這裡。我在史丹福大學學習了會計，之後在McKinsey & Company擔任顧問，然後創立了自己的公司。我亦會到世界各地進行不同的商業演講，非常感謝UCLA Anderson School of Management Development（MDE）邀請我擔任講師。

我已經教授金融和銀行相關的課程超過二十年，培養了很多學生，其中包括星巴克的創始人。我們的學生大多數是全球頂尖的CFO和CEO，許多學生在畢業後也成為了我的好朋友，其中包括

阿Wing，她不僅是我的學生，也是我的好朋友之一。

除了學術交流，我和阿Wing同樣熱愛運動，經常一起打羽毛球；我還為美國建立了第一支女子羽毛球隊參加比賽，我自己也會參加三項鐵人比賽，訓練自己的體格。

保持良好的身心健康非常重要，心理健康需要建立心理肌肉，首先要相信自己，每天花五分鐘感謝自己不要思考負面的事情，「走出黑暗，要先看到光明」（Get out of darkness, need to see the light first）。心理健康能夠減輕焦慮和抑鬱，也能讓我們在工作中更有衝勁。如果你從未嘗試過進行心理衛生的練習，試著每天做一些，看看是否能改變你的生活。

Edward就像是我的導師一樣，很多事情實行前，我也會請教他的意見。他不僅是個出色的父親，也扮演著母親的角色。當他的妻子在生完第二個孩子後去世時，他承擔起當媽媽的責任，照顧著他的一對女兒。為了能夠有更多彈性地安排工作時間，他創立了自己的公司，用心經營，養育著他的孩子們。所以，無論是工作上還是家庭事務，我們都可以盡情地交談。

我是他在UCLA MDE的學生，他是最風趣的講師。他能夠將原本枯燥的主題變得非常有趣，讓整個班都會捧腹大笑。我記得他說過很多CEO不能將手中的工作全部掌握，要兼顧其他人的工作，所以他把公司的組織結構圖上的每一位，都變成了"you"，這種幽默的教學方式深受歡迎。我們經常期待他的課程，總能帶給我們驚喜。

他不僅是一位出色的導師，更是一位好朋友。他還邀請我和我的女兒參加了 Miami Digital Marketing 的講座，我們在這個講座中學到了許多關於網絡科技的新知識。非常感謝他經常給予我們學習的機會。他知道我是一個喜歡追求新事物的人，並且非常關心我的孩子，給予他們學習的機會。真的非常感謝他經常給予我們指導，我對他十分感激。

✦ 張紀霖 Chris Cheng
Wonder Bakery in Los Angeles Chinatown 創辦人

大家好，我是張紀霖。我來到美國已經超過四十年了，最初的目的是為了讀大學。因為在香港，讀大學的機會非常有限，競爭太激烈了。而且，我是一個喜歡冒險的人，所以來到美國對我來說是一個最好的機會。

我在洛杉磯州立大學完成了大學學業，之後過了大約十

年，我在阿蘇薩太平洋大學獲得了碩士學位。那時候，我並不知道自己想要從事什麼工作，所以在閒暇的時候，我開了一家餐館來賺取額外的租金收入。

畢業後，我開始尋找其他不同的工作機會，希望能夠選擇一個更好的職業。我嘗試了銀行、保險、藥房等等工作，然後機緣巧合下，我發現地產業對我來說更適合，而且我也很喜歡這個行業。地產業這個領域的回報比較大，而且還有創造力的發揮空間，這正是我所喜愛的。但正因為如此，我也遇到了兩次地產低潮。

第一次是在一九九零年的時候，那時我並沒有真正抓住這個機會，然而，第二個低潮時期是在二零零九年。我趁著這個機會，運用了我豐富的資源和時間來進行地產發展和投資。一直到現在，我收穫頗豐。現在的我已經不需要再辛苦工作，就能夠維持現有的生活。所以我認為在美國這個地方，機會實在太多了，這是一個上帝的祝福之地。只要你願意努力讀書，即使沒有錢，你也能夠來到美國，進入一流的大學，只要你用功就沒有問題。

就像我們以前的總統奧巴馬，他沒有父母照顧他，是他的祖父母扶養大他。他不是出身富裕的家庭，但在美國這個地方，他獲得了機會，他也不需要錢去讀書，就在美國著名大學獲得了化學博士學位，最終成為了美國總統，全世界最有權力的人之一；在其他國家根本沒有這樣的機會。美國真的是一個給予任何人許多機會的國家，所以全世界的人都喜歡來美國是

有原因的。

今天我想與你分享，既然你來到美國，希望實現你的美國夢，我認為以下四件事情都可以幫助到你。首先，你要從事自己喜歡的工作，並發揮你的想像力，你就能成功；第二，你要勤奮專注地追求你的夢想；第三，不要放棄，身邊的人可能會灰心，並告訴你做不到或者沒有可能，但不要放棄；第四，當你成功時，要回饋給這個社會，社會也會回報你的貢獻，形成一個循環的幫助。

身處地產業期間，我深切感受到與眾多才華橫溢的人學習的重要性，透過與他們的交流，我可以變得更加聰明。因此，我加入了蒙特歷史扶輪社，這個社團聚集了本地的領袖，如市長、警長和成功的商人，我希望能從他們身上學習。

在這個社團中，他們致力於幫助社會，例如關注殘障兒童或貧困家庭，提供房屋和籌款捐助非洲，幫助清除疾病。透過這些籌款活動，我學會了如何貢獻服務社會。

同時，我也參加了一些政治活動，向政治人物學習，並參加演講會，學習演講技巧。我喜歡學習各種不同的事物，以豐富我的人生經歷。

在商會中，我認識了阿Wing，我覺得他對社會工作充滿熱忱，而這正是我喜歡從事的工作。雖然我們與阿Wing的相識時間並不長，但我能夠感受到他的愛心和優秀品格，我認

為阿 Wing 這次撰寫這本有意義的書籍來分享我們在美國的生活，是值得我們支持的。

我會稱 Chris 為我的匹克球教練，我真正認識他是透過匹克球的比賽，但是我們早在商會的慈善活動中就已經見過面了。我對 Chris 的印象是他非常友善、樂於助人，對慈善工作非常熱心。他也參與了政治選舉活動，而我也是如此，所以我們一起參加了許多不同的活動。

我知道他在生意上非常成功，他在洛杉磯唐人街有一家知名的餅店，我的孩子小時候經常在他的餅店買麵包；他在地產方面也投資成功。

非常感謝他分享在美國白手起家的經驗，我對他講述成功的原因非常深刻，那就是不要因為別人說你做不好而放棄。

當我初來美國讀書時，很多人也不看好，我自己也不知道是否能成功。雖然小時候有點小聰明，我卻不是個讀書人，但通過努力，我成功在美國知名的南加州學校畢業，主修會計。所以，當別人說你做不到時，你要相信自己。

Chris 也是一樣，在香港讀書也不容易，但在美國靠著自己的努力也獲得了碩士學位，並建立了成功的事業。現在他不用為生計擔心，利用多餘的時間做了許多慈善工作。我們一起幫助洛杉磯高等法院法官 Craig Mitchell 參選地方檢察官，他也付出了很

多努力和財力。正是因為有像 Chris 這樣的人，用自己的愛心和力量改變社會，使我們的生活更美好、更快樂。

✦ **Chantal Lo**
香港校友會聯會主席
Diamond Bar Lion's Club 主席
Puente Hills Eye Care Center 總經理

格言：做人不能盡人意，但求問心無愧。

「你要專心仰賴耶和華，不可依靠自己的聰明，在你一切所行的事上都要認定祂，祂必指引你的路。」——箴言第三章第五到六節

我是 Chantal，從香港來到美國多年，在這裡已經生活得很穩定。現在是三位孩子的母親，我的丈夫是一名醫生，孩子們都已經長大，他們各自都有了成就。有些孩子成為了醫生，有些則在廣告業工作。他們都畢業於布朗大學（Brown University）、紐約大學（New York University）和南加州大學（University of Southern California）。現在我有自己的事業，同時也參與了不少慈善工作。

我很高興能夠通過獎學金幫助香港的學生來美國念書，這些學生都是在香港努力學習且成績優異的學生，能夠幫助他們有更好的未來，我們十分感恩。我也感恩我的孩子們能夠健康且取得成功。

養育孩子並不容易，我認為最重要的是要懂得放手，讓孩子們選擇他們自己喜歡的科目並發展他們的才華。我的女兒一開始是讀醫學的，她的成績優異且獲得了許多獎項。但是她告訴我她不喜歡醫學，於是她嘗試去學習法律，在一家知名律師事務所實習了兩年。後來她又告訴我她也不喜歡法律，她問我是否能夠支持她學習傳媒溝通。他的偶像是宗毓華 Connie Chung，是一名美國主流媒體的新聞主播。因此，她去了 Sony 學習製作工作，並已經從事了六年。後來更有機會進入廣告公司，現在擔任導演的職位。

我也非常開心她找到了自己喜愛的事業。很多人都期望他們的子女成為會計師、律師或醫生，起初我知道我的女兒不喜歡讀醫學或法律，也有些失望。但我沒有強迫她繼續學習那些領域，我支持她追求自己的興趣，最重要的是她能夠快樂。當她對工作充滿熱情時，她一定會成功。

作為父母，最重要的是不斷支持他們，不僅要做他們的父母，更要成為他們的好朋友。我爸爸經常對我說：「做人不能盡其人意，但求問心無愧。」我永遠記在心中，現在我對自己真的無愧，更慶幸自己的子女能快樂幸福，他們快樂我就安心。現在我更積極參與慈善工作，也因此很高興認識了阿Wing。透過這本書，我們都希望能夠給予更多正能量，讓這個世界變得更加和平、快樂。

我和 Chantal 是透過參與慈善工作認識的，我們第一次見面

就一起為角聲慈善機構籌款、一起跳舞，我們在排舞時變得熟絡。她是一個爽快且喜愛笑的人，我欣賞她的正能量。當我們深入交談時，發現我們的價值觀很相似。我們都樂觀向上，相信正能量能夠吸引更多正向的人，將負面的事物排除在外。

在我們一起排練跳舞時，她態度認真，不斷彩排練習。她認真工作的態度也使他成為香港校友會聯會的主席。她在校友會的籌款晚宴上出錢出力，更上台演唱，歌聲優美動聽，不遺餘力。儘管她工作繁忙，身兼數職，但她也能把孩子們照顧得他們井井有條。

Chantal的三個孩子也非常優秀，她是媽媽們的好榜樣。她女兒的經歷也讓我想起兒子在 UC Berkeley 選科，也曾轉換過幾次主修科目，有些科目他選擇放棄，我也為他感到可惜。但就像 Chantal 所說，最重要的是孩子們能夠快樂並對工作充滿熱誠，這才是最重要的事情。

如果每天都要我做自己不喜歡的事情，可是生不如死。但如果我每天都能做喜歡的事情，即使要我不吃不睡也沒問題。我一直在尋找自己喜歡的事物，從教琴到參選港姐，從演戲到學習會計，再到出書和拍攝 YouTube 頻道，我認為不斷地學習各種不同的技能，是不存在著選對或選錯的，每學習一項新技能，都是對下一份工作的幫助。例如，如果我沒有讀書提升溝通能力、沒有花時間探索科技、沒有從演戲習慣中學會對鏡頭說話，我現在也無法獨立經營一個 YouTube 頻道。

　　我把之前學到的所有東西都應用在這個YouTube頻道上，看起來很容易，但實際做起來要做好就比較複雜。從組織架構、時間安排、對鏡頭的訪談技巧、語言技巧、電腦科技、時間管理，一切都要天衣無縫地配合。但只要對這個事情有興趣，就不怕辛苦。所以我也支持我的孩子追求他們的興趣，只要他們快樂，我也能活得開心、問心無愧。

✦ Ricky Leung
Owner and Hairdresser of Salon De Chez Moi

　　我是Ricky，出生於七十年代。從小就對手工製作和繪畫感興趣。在廣州度過了愉快的童年，於一九八九年隨家人移居美國並接受教育。

　　在洛杉磯著名的Vidal Sassoon接受培訓，這門課程費用昂

貴，有些朋友不明白我為什麼要花那麼多錢去學習髮型設計，畢竟有些髮型師並不需要參加這些課程也能找到工作。然而，我一直追求專業和完美。

這門課程最困難的部分是語言，因為它在聖塔莫尼卡，並不在華人區，我必須努力提升英語能力才能應付。但是這個課程對於通過執業考試非常有幫助，這筆投資是十分值得的。在通過執業考試後，我於一九九四年成為一位專業的髮型設計師，並在當時知名的髮型設計機構任職，擔任過不少洛杉磯電視台演唱會的髮型師。

二零零零年，在經過多年的工作經驗和持續的進修課程後，我不斷參加知名國際髮型設計師的培訓課程，以優異的成績畢業並獲得獎勵。在此期間，我在西班牙阿爾罕布拉宮創立了髮域髮型機構，為廣大客戶提供服務。

到了二零二四年，髮域已經服務了洛杉磯二十多年……在這期間，我多次為社區不同的大型活動提供髮型設計指導，在髮型設計界建立了良好的口碑。同時，在創業的過程中，除了參加社區活動，我也專注於家庭，我有四個可愛的孩子，我和他們保持緊密的關係並經常互動，親子關係非常良好。最難忘的是當我大女兒出生時，因為是我第一個孩子，我感到十分緊張，第一次當父親的心情非常沉重，好像一下子長大了許多，我開始有了責任感，要為孩子負責任。我不斷努力工作，現在孩子已經長大成人，他們有了自己的家庭和事業，我為他們感到非常高興。

　　我和 Ricky 都曾就讀於 Pasadena City College，雖然當時並不相識，但現在也不算太晚，相識也是一種緣分。透過朋友的介紹，我認識了 Ricky。第一次與他一起工作，他已經早早起床，用長達六至七個小時的時間幫我整理頭髮，準備參加活動。我非常感激他的專業精神，令我十分敬佩。我知道他非常忙碌，每天都有很多客人，他的排隊人潮也是常常不斷。

　　由於工作上的關係，我常常只能給他短促的準備時間來為我設定髮型，但他都想盡辦法來配合我的時間和需求，使我每次出場都充滿自信。在美國香港商會晚宴上，很多人稱讚我的髮型設計得很漂亮，我也要感謝 Ricky。我的成功是有一個團隊在背後幫忙，而 Ricky 就是其中一員。他做事非常細心，效率也非常快且高，完全符合我做事的準則：「快、靚、正」。

　　非常感謝 Ricky 分享他作為父親的心聲，我聽到了很多媽媽們的心聲，而父親的聲音相對較少。我知道他非常愛他的家人，他的四個子女已經成年，他和太太仍十分恩愛，羨慕旁人。我能感受到他們家庭的溫馨和快樂，Ricky 常說他只渴望過著簡單平凡的生活，我也認為簡單比複雜更好。擁有平靜及和諧的心境是非常快樂的，就像 Edward 所說的，心理健康在生活中是不可或缺的，如果能跟 Ricky 一樣，面上總能看到發自內心的笑容，何樂而不為呢？

⬩ Julie Dupont

Wing's 10th Grade daughter

成功之路

　　我是誰？我的人生目標是什麼？我怎樣才能取得成功？許多人，像我一樣，在人生的某個階段想要改變並追求更好的自己時，都曾問過這些問題。雖然這些問題的答案可能看起來遙遠而複雜，但有一種方法可以採取行動，掌控你的生活，並管理壓力來實現你的目標。

　　分析你的想法是培養強大心態以及實現目標所需的信心和意志力的第一步。冥想是自我反思、觀察內在對話的關鍵工具。你的想法以及你對自己説話的方式會影響你的自我形象和自尊。正如老子所説：「觀你的思想，它會成為你的言語；注意你的言語，它們會成為你的行動；注意你的行為，它們會成為你的習慣；注意你的習慣，它們會成為你的性格；注意你的

性格，它會成為你的命運。」

發展自我意識對於發現你是誰、認識你給自己設定的限制、然後決定如何克服和超越這些限制至關重要。為了保持動力，學會在實現目標的實際過程中尋找意義，而不僅僅是在最終結果中。史丹佛大學神經科學教授安德魯·胡伯曼（Andrew Huberman）在他的YouTube影片「設定和實現目標的科學」中透露，設定適度崇高的目標，定義為難以實現但仍可實現的目標，而不是極其容易或具有挑戰性的目標，可使你實現目標的可能性加倍。這意味著為了取得成功，你需要真正相信自己有能力實現目標。然而，對自己的信心不足以實現具有挑戰性的長期目標。你還需要有紀律和奉獻精神來遵循你的計劃。

大衛·戈金斯（David Goggins）是退役海豹突擊隊隊員、成就卓著的超級馬拉松運動員、暢銷書作家和有影響力的公共演講家，他體現了紀律的概念，並在Huberman的YouTube影片「大衛·戈金斯：如何改變自己的生活」中解釋了他如何徹底改變自己生活的心態，建立巨大的內在力量。從一個三百磅重的「無名小卒」到一名海豹突擊隊員，戈金斯透露，消除干擾，尤其是手機和社交媒體，然後花時間獨處思考，讓他看到了自己想成為的意志堅強、果斷的人的願景。

他鼓起巨大的勇氣，開始開闢自己的人生道路，而不是跟隨別人。戈金斯解釋說，他的意志力和精神力量不是由遺傳或運氣建立的。事實上，事實恰恰相反，因為他患有專注力失調及過度活躍症（ADHD）。他花了數年至數十年的痛苦、犧牲、

承諾和自我反思，而他現在仍然每天都在這樣做。戈金斯説：
「沒有什麼生活小技巧。為了培養那個東西（意志力），你應
該如何？做，做，做，做……然後你就創造了自己的想法。」
成功是一種習慣、一種心態、一種生活方式。

保羅・巴通（Paul Bartone）和史蒂文・斯坦因（Steven
Stein）在他們的著作《堅韌：讓壓力為你實現人生目標》中
詳細闡述了培養堅強心態的想法。他們發現，職業運動員、緊
急救援人員、企業家和其他有韌性的人的一個共同特徵是高度
的「堅韌」，即對生活的承諾，將變化視為挑戰，並相信自己
可以掌控自己的生活。

承諾是指即使面臨逆境也能發現生活有意義且有價值的傾
向。高度忠誠的人堅持不懈地工作，具有高度的自我意識，
並在生活中找到意義。堅韌的下一個組成部分是挑戰，是一個
人對變化持開放態度並將變化視為成長機會的程度。這種人遇
到挫折時，會面對而不是迴避。此外，積極看待壓力可以提高
績效和生產力，並可以減少壓力對健康的不良影響，例如高血
壓。這類似於成長心態，相信自己可以進步，而不是固定心態，
相信自己的能力受到限制。

成功人士擁有的一個關鍵能力是從失敗中學習而不是沉迷
於失敗。最後，控制力是指你相信自己有能力在生活中做出選
擇並為這些選擇承擔責任的程度。相信自己能夠控制自己會增
強你有效應對壓力情況的信心和能力。為此，請將你的精力集
中在你在某種情況下可以控制的事情上，制定具體的計劃來實

現你的目標，並承認你在實現目標方面取得的進展。

　　總而言之，成功之路並不平坦。沒有什麼秘訣。這需要多年的努力、奉獻和犧牲。然而，如果你有遠見，有堅定不移的決心，並且願意付出努力，那麼你將勢不可擋。邁出第一步往往是最困難的部分，但正如愛比克泰德所説：「你要等多久才能為自己要求最好的？」

The Path of Success

Who am I? What is my purpose in life? How can I achieve success? Many people, like myself, have asked these questions at a point in their lives where they want to change and pursue a greater version of themselves. While the answers to these questions may seem far away and complicated, there is a way to take action, take control of your life, and manage stress to achieve your goals.

Analyzing your thoughts is the first step in cultivating a strong mindset with the confidence and willpower needed to reach your goals. Meditation is a key tool in self reflection to observe your inner dialogue. Your thoughts and how you speak to yourself impacts your self image and esteem. As Lao Tzu says, "Watch your thoughts, they become your words; watch your words, they become your actions; watch your actions, they become your habits; watch your habits, they become your character; watch your character, it becomes your destiny."

Developing self awareness is crucial in finding out who you are, recognizing the limits you place on yourself, then determining how to overcome and surpass those limits. To stay motivated, learn to find meaning in the actual process towards your goal, not only in the end result. Andrew Huberman, a neuroscience professor at Stanford University, reveals in his YouTube video, "The Science of Setting & Achieving Goals," that setting moderately lofty goals, defined as being difficult to achieve yet still achievable, rather than extremely easy or challenging ones, results in doubling the likelihood that you'll achieve your goal. This means that in order to be successful you need to truly believe you are capable of achieving your goal. However, belief in yourself is not enough to achieve a challenging long term goal. You also need to have discipline and dedication to follow your plan.

David Goggins, retired Navy SEAL, highly accomplished ultra-marathoner, best-selling author, and influential public speaker, embodies the concept of discipline and explains how he built the mindset to completely transformed his life in Huberman's YouTube video, "David Goggins: How to Build Immense Inner Strength." From being a three hundred pound "nobody" to a Navy SEAL, Goggins revealed that eliminating distractions, particularly his phone and social media, then spending time in solitude with his thoughts gave him the vision of the strong willed, resolute person he wanted to become. Gathering a tremendous amount of courage, he began paving his own path in life instead of following others. Goggins explains that his willpower and mental strength wasn't built by genetics or luck. In fact, it was the opposite, as he has attention-deficit hyperactivity disorder, ADHD. It took years, decades of suffering, sacrifice, commitment, and self reflection that he still does every single day. Goggins states, "There is no life hack. To grow that thing (willpower), how do you grow it? Do it, and do it, and do it, and do it…You create your own mind." Success is a habit, a mindset, and a lifestyle.

Paul Bartone and Steven Stein elaborate upon the idea of developing a strong mindset in their book, *Hardiness: Making Stress Work for You to Achieve Your Life Goals.* They found that a common characteristic between professional athletes, emergency responders, entrepreneurs, and other resilient people is a high level of "hardiness," defined as commitment to life, viewing change as challenge, and believing you have control over your life. Commitment is the tendency to find life meaningful and worthwhile even when faced with adversity. Highly committed people work relentlessly, have high self-awareness, and find meaning in their lives. The next component of hardiness, challenge, is the extent to which a person is open to change and views change as an opportunity for growth. This type of person will face setbacks head-on rather than avoiding them. In addition, viewing stress positively can enhance performance and productivity and can reduce the unhealthy effects of stress such as high blood pressure. This is similar to the growth mindset, believing that you can improve, rather than a fixed mindset, believing that your abilities have set limits. A key ability that successful people have is learning from failure instead of dwelling on them. Lastly, control is the extent to which you believe you have power to make choices in your life and take responsibility for them. Believing you can control yourself increases your confidence and ability to effectively respond to stressful situations. To do this, focus your energy on the things you can control in a situation, create a concrete plan to achieve your goal, and acknowledge your progress to the goal.

In conclusion, the path to success is not an easy one. There is no secret trick. It will take years of hard work, dedication, and sacrifice. However, if you have a vision, an unwavering resolve, and are willing to do what it takes, then you will be unstoppable. Taking the first step is often the hardest part but, as Epictus says, "How long are you going to wait before you demand the best for yourself?"

Julie是我的女兒，目前就讀於十年級，修習四門AP課程。她每年都能考取優異的成績，功課非常繁忙，幾乎每週七天都在開會、進行小組專案、完成功課和溫習。她天生勤奮，對自己要求很高，可能是因為五歲就開始學習溜冰的緣故，這是一個艱苦

的過程。到了十歲時，她已經和她的哥哥在全國雙人溜冰比賽中躋身前十名。她的夢想是能夠參加奧運比賽，她的偶像是奧運獎牌得主關穎珊（Michelle Kwan）。

由於疫情的關係，溜冰場一度關閉，她無法去溜冰場練習，於是她轉戰海灘打排球，後來加入了排球隊。作為初學者的她，努力地練習了一兩年的時間，從初班打到了高班。她每天可以自主地花四至五個小時去練習，我並不是要勸她練習，而是要勸她停下來，因為我擔心她會因疲勞過度而受傷。

由於溜冰比賽要非常準時，她的時間管理能力非常出色。儘管現在功課很多，她仍然能夠安排時間，每天花一至兩個小時去健身房鍛煉身體，並參加排球隊。現在她還加入了青少年警訊組織，她可是比牛更勤奮。

其他虎媽或許會努力地要求子女勤奮讀書，但我卻相反，我努力地要求她多花時間玩樂。我勸她多休息，不要承受太大的壓力，我亦鼓勵她外出休息、用餐，有時間去公園玩。然而，大部分時間她都不接受我的建議。當我參加朋友聚會時，大多都是自己一個人去，因為孩子們實在太忙了，他們擔心我會感到無聊，所以常常叫我去找些自己的樂子。Julie的勤奮程度讓我感到驚訝，空閒時間她喜歡吃東西，什麼都吃，尤其是水果，所以我盡量抽時間準備她喜愛的食物。

現在，Julie的春假來了，我們全家計劃去遊船河，唯獨她說不能去，因為她要做專題報告。我們只好暫時擱置計劃，等她完

成後再一起去。沒有了她，我們覺得少了些什麼，她的哥哥和姐姐也都說要等她一起去。我很想去香港做一個學生講座並和當地的學生交流，她聽了十分興奮，也想參加，希望暑假時我們可以一起回香港與當地的學生交流並分享讀書心得。

在我交稿那一刻，她用做功課的時間給我寫了一篇文章，表示想與大家分享，我看完後十分感動。她的思想非常成熟，從小到大，她就不像一個小孩子。她從小就連迪士尼公主的名字都不認識，因為她都陪著哥哥姐姐看青少年節目。

當我進行手術時，她就像一個小護士一樣不停地照顧我，為我煮我最喜愛的雜菜湯，幫我處理家務。她寫了一封非常感人的信給我，在我最低潮的時候給了我很多力量的支持。我看完後淚流滿面，對自己說我要堅強地支持下去。

Julie曾對我說，看到我有很多痛苦，她也要學習像我一樣堅強。她的童年似乎很短暫，從五歲開始就不斷地溜冰練習，連卡通片也很少看。有時她很天真，但成熟的思想有時也會嚇我一跳。兩歲時，她曾對我住在隔壁的朋友說：「如果爸爸媽媽不在這裡，我可以自己走到你家去住嗎？」她在兩歲時就已經對自己的未來做了計劃，她要確保自己有食物和住所。

現在她努力地尋找自己熱愛的學科，她向老師尋求建議，老師說不管你學什麼都會成功，但這讓她更難做決定。我告訴她不要著急，慢慢地享受學習的過程，有一天，你會發現自己的長處和喜愛的工作。

　　從小到大，我都不擔心三個孩子的學業成績，我只是安排時間讓他們吃喝玩樂，盡量讓他們開心快樂，尋找自己的方向和未來。有一天，我也會離開他們。只要他們能夠快樂地繼續前進，我就滿足了。永遠愛他們的媽咪 ♥

鳴謝

　　時隔十二年後，我再度著手撰寫第二本著作。成功並非我一個人的功勞，任何事情的達成都必須仰賴團隊的分工合作。每位成員都擔任著不同的崗位，而每個崗位的貢獻同樣重要。只有良好的配合才能呈現出完美的結果。

　　就像我在二零二二年參加港姐慧妍雅集四十周年紀念活動時一樣，當年我在台上得到很多讚美，其實都是背後團隊的努力。當我收到慧妍雅集的邀請時，我第一時間聯絡了我表弟：香港著名時裝設計師何國鉦。

　　我詢問他是否能夠為我設計形象及晚裝，若沒有他的幫助，我也無法有足夠的信心上台。幸運的是，他爽快地答應了我的請求，立即展開了晚裝的設計工作，從頭到腳為我打造出完美的造型，甚至連鞋子也為我準備好。他說要我穿上七吋高跟鞋，這讓我吃驚不已，但最終呈現出的效果非常美麗。

至於當晚所配戴首飾，則由我在美國的好友 Sharon 負責設計。她是文俊珠寶的老闆兼珠寶設計師，她特意為我打造了一條獨一無二的頸鏈，並親自將其從洛杉磯帶到香港，供我在舞台上配戴，這令我十分感動。

此次出版書籍，Sharon 亦給予了十足的支持。在我思考是否應該著手撰寫這本書時，我曾猶豫應否去做，因為寫作需要花費大量時間，為了達到完美的效果，我還需要拍攝一組精美的照片、舉辦免費講座，加上這次的活動也需要贊助商的支持。Sharon 毫不猶豫地幫我在她的店舖舉辦了一個贊助商活動，她和員工在活動前一天一同佈置和籌備至深夜兩三點，隔天一早又要準備迎接客人，幸好活動十分成功。

她慷慨贊助了兩條名貴的頸鏈和手鏈進行拍賣、ACE Sushi Enterprise也慷慨贊助了許多壽司供應給客人、Chris提供了許多美味的西餅、J.C Produce Inc分享了我家人最喜愛的水果、Dr. Shum則贊助了雷射禮券、我的好友Raymond和他的妻子Tina也給予了我很大的鼓勵和支持，我們一起籌劃了各種不同的活動，還安排了到洛杉磯不同著名地方進行拍攝。

　　而好友Freddy和Jeannie也在他們繁忙的時刻參與籌備工作，亦非常感謝Gigi在百忙之中抽出時間擔任主持人，她多才多藝且盡心盡力，經常花時間教我打扮，我十分感激。

　　為了拍出美麗的照片，我的好友Joyce特意在三藩市的清晨四時在大雨中來到洛杉磯，擔任我的形象設計師和化妝師，她的化妝技巧非常出色，我化妝後都捨不得卸妝，我對她的來臨更是感激不盡。她疲憊得無閒暇進食，但仍堅持完成拍攝工作，她的專業精神和友誼可是非常珍貴。

再者，我要感謝攝影師Charles和髮型師Ricky，他們早早起床花費了六、七個小時來打理我的髮型。因為拍攝當天下大雨，我們只能在影樓拍攝，錯過了室外的場景。後來，多得翹楓幫助，我們在室外亦拍攝了一組美麗的照片。由於我四月份要趕回香港取書，必須盡快在截稿日期前完成，他更是日以繼夜地幫我整理相片。

另外也要感謝Agnes，花費了很多時間幫助我整理在室內拍攝的照片。還有許多其他幫助我的朋友，花上一小時我也無法盡錄，非常感激他們無私地貢獻了許多時間和金錢，來協助我去籌備這本書。

另外，Ken分享財務資訊、Jacky分享他畢業後的心得……這本書不僅是關於我的故事，更感謝好友們分享他們的成的秘訣：楊寶玲、Mr. Lauchu、Raymond、Andy、Chris、Alex、Dr. Shum、Frank Lee、Frank Ma、Tommy、Edward、Albert、Yvonne、Chantal、Ricky、翹楓和Julie，分享他們在美國生活中的辛酸與喜悅。

每個人都擁有一段感人的故事，他們都是勤奮和善良的人，我們在美國的生活中互勵互勉、互相支持、互相鼓勵，使我們的生活更加燦爛、更加美麗。我們都憑著一個「愛」字聯繫在一起，團結就是力量，希望藉著我們的團結力量，讓這個世界變得更美好、更和平。

鳴謝

AO & AOC Group

AO & AOC Freight Corporation
美國亞洲物流有限公司

AO & AOC Freight Corporation is a class A international freight forwarding company, well established in 1978. Our head quarter is in Los Angeles, CA it is one of the city's leading providers in the intercontinental freight forwarding industry. We base our services on our customer's needs. We provide personalized services, with the right combination of competitive pricing & transit time to fit our customers' needs.

At AO & AOC Freight Corporation our strength lies in a network of branches through the united states and agencies worldwide. We design the routing to fit your shipping mode as we help you adapt to a changing global market and dynamic world of economy. We specialize in 4 Major Services : Air, Sea, Integrated Solutions and Cold Chain Services within the 8 Keys Industries: Transportation for industries in Chemical, Aviation, Automotive, Technology , Healthcare , Fashion and Retail

AO & AOC Freight Corporation
419-421 N OAK STREET INGLEWOOD, CA 90302
TEL: 310-419-8833   **Email: lax@aocus.com**
President: Alex Chan   **Email: alexc@aocus.com**

Air Freight

Sea Freight

Integrated Solutions

Cold Chain Services

4
Major Services

AO & AOC Freight Corporation *Since 1978*
美國亞洲物流有限公司

8
**Keys
Industries**

Project Cargo

Chemical

Aviation

Automotive

Technology

Healthcare

Fashion

Retail

Fact Sheet

Proud Certified by:

CTPAT
YOUR SUPPLY CHAIN'S STRONGEST LINK.

JCTRANS

Proud Partner of:

WCA
Leading the World
in Logistics Partnering

OLO
OLO FAMILY

Seizing the Opportunity

Inbound to Manufacturing	Manufacturing & Warehousing Logistics	Fulfillment	Transport Order Management & Distribution	Aftermarket Logistics	Aircraft On Ground	Customized Aviation Transportation

Kenneth Yuen, CFP, ChFC
註册財務規劃師　特許理財分析師

擁有25年以上專業財務規劃經驗

*公司及個人省稅規劃

*僱主退休省稅帳户

*個人及家族財富管理

*家族傳承投資規劃

歡迎隨時与我联系

20955 Pathfinder Road., #100,
Diamond Bar, CA 91765

*401K Retirement Planning

*Profit-Sharing & Pension Plan

*Wealth Management

*Estate and Investment Planning

Direct 626-780-9836

Office 909-510-8443　　　Fax 909-510-8442

www. saswealth.com

Your trusted brand in Energy Efficient Lighting

eAurio.com
888.551.1668

cosmetic
America
www.cosmeticamerica.com

Christian Dior

Elizabeth Arden

LANCÔME
PARIS

Polo Ralph Lauren

ESTĒE LAUDER

GUCCI

YvesSaintLaurent

CHANEL

 ## Special Thanks To:

- Pro Gems Jewelry

- AO & AOC Freight Corporation

- ACE Sushi Enterprise

- Kenneth Yuen

- Aurio Lighting

- Cosmetic America

- World seafood

- DSC Laser and Skin Care Center

- J.C Produce Inc
- Wonder Bakery
- 鄭錦年
- Sharon Fong
- Alex Chan
- Angela Chan
- Chris Cheng
- Freddy Yang
- Jeannie Yang
- Angie Chan
- Eza Chan
- Mai Do
- Danny Trang
- Alice Chan
- Virgina Shek
- Michael Chan
- Eddie Lam
- Lori Yu
- 楊寶鈴
- 鄭繼宗

- Carlos Lauchu
- Albert Young
- 饒影凡
- 岑國權
- 李泓輝
- Frank Ma
- Kitman Shum
- 仇雲鋒
- Edward Teh
- Chantal Lo
- Jacky Chan
- Echo
- Joyce, Makeup and image artist
- Charles Lin, Photographer
- 翹楓, singer, Photographer and Graphic Designer
- Ricky Leung, Hairdresser
- Agnes Loh, Graphic Designer
- Gloria Cheuk
- Venus Law
- Julie DuPont

如何活出燦爛人生

作者：林穎嫻

出版人：卓煒琳

編輯：Inez Wong

美術設計：Winny Kwok

出版：好年華生活百貨有限公司

地址：香港九龍彌敦道721-725號華比銀行大廈501室

查詢：gytradinggroup@gmail.com

發行：一代匯集

地址：香港旺角龍駒企業大廈10樓B＆D室

查詢：2783 8102

國際書號：978-988-76520-5-2

出版日期：2024年4月

定價：$118港元

Printed in Hong Kong

Good Year Publisher

所有文字圖片均有版權，不得翻印和轉載

本書之全部文字和圖片版權均屬出版人所有，
受國際及地區版權法保障，未經出版人書面同意，
以任何形式複製或轉載書本部分或全部內容，均屬違法。

免責聲明：
本書所有內容和相片均由作者提供，內容和資料僅供參考，
並不代表本出版社的立場。本書只供消閒娛樂性質，
讀者需自行評估和承擔風險，作者和出版社不會承擔任何責任。

如何活出燦爛人生